LOCUS

LOCUS

LOCUS

LOCUS

Smile, please

台灣 黑·色·燴

民國84年至民國85年

于震⊙編寫

每月貪掉2億4,100萬元，
每天30件強姦案，
46種殺人情節，以及25種笨笨的人

今天我們為什麼生活在不安與恐懼之中？
明天，我們的希望又在哪裡？

從一隻孔雀講起 —— 為什麼要編這本書？

于震的前言

1．

有兩則新聞久久難忘。

一個養孔雀的農夫，發現他最珍愛的一隻孔雀，羽毛日益脫落。百般研究不得其解之後，就在夜裡去觀察是怎麼回事。答案是有一位先生，特別愛玩禽類的屁股，因此，在幹了很多雞鴨的屁股之後，升級來幹孔雀的屁股。這樣每天晚上來玩這隻孔雀，玩多了，孔雀的羽毛也就掉得差不多了。

另外，還有一件沒有這麼輕鬆的案子。

南澳有位顏先生，有一天當著太太的面，把自己親生的兒子，拳打腳踢，用椅子砸，再丟到水溝裡，活活打死。打死之後，以跌倒受傷致死的理由騙過了警方。孩了的媽媽，顧及另外四個孩子，沒有聲揚，只希望他能好好照顧其他孩子就好。

然而，沒過兩年，顏先生又出了新的花樣，把14歲和10歲的兩個女兒都強姦了。甚至還當著家人的面強姦的。

2．

每天，在社會上，總會有些怪人怪事。

在一個編輯的立場，總想如果能把這些新聞收集起來，編成一本書，應該很有些角度吧。隨著時間過去，不知不覺間，發現這些「奇怪」的新聞，出現的頻率越來越高，涵蓋的領域也越來越廣，怪異度，血腥度也越來越高。

於是，想編輯這樣一本書的念頭更強烈了。而著眼點也跨越出了單純的「編輯」。

不時，總會在想：這些奇特的新聞，是否已經不止是個案的奇特，而可以代表這個社會的一個普遍現象？

換句話說，我們可不可能借由這些「奇特」的新聞，觀察出我們社會的一些奇特的發展？——越來越多的烏龍新聞，是否可以說明這個社會本身就在越來越烏龍？越來越多的血腥新聞，是否可以說明這個社會本身就越來越血腥？

3.

這些念頭迴盪了許久，到了前年，也就是民國84年，時機似乎真的成熟了。

我從沒有看到一年裡的「怪異」新聞有這麼多。

有些很輕鬆的。譬如說，一群人在夜裡去打劫銀行，用的是「不可能的任務」裡那種高科技的鑽牆法。但是半夜裡的電鑽聲音太吵，吵得鄰居報了警，把他們一網打盡。他們為什麼會犯這種錯誤？因為這一群劫匪都是聾子。所以他們沒想到自己的電鑽會弄出這麼大的聲音。

有些很冷血的。譬如一個男孩子為了女朋友的朋友嘲笑了他幾句，就找了同夥去把她姦殺，在浴室裡分屍，棄屍之後，還可以回來在她的房間裡洗澡看電視再午睡。

有些很黑色的，譬如爸爸每天早上趁媽媽去幫女兒做早餐的時候強暴女兒，一強暴就強了好幾年。

有些很電影的，譬如有家戲院的老闆晚上回家的時候，路上擋了一隻雞籠。籠上放一枚石頭。等他下車要搬雞籠的時候，草叢裡埋伏的鎗手就開火了。

當然，議長殺人這種轟動全國的新聞，就更不在話下。

4.

我幾乎要開始實際編這本書了。

但是我發現：這真是一本黑色的書。

儘管我想用很輕鬆的角度來處理。但是，很多地方都實在輕鬆不起來。

太多血腥的「奇特」。

幾次半夜整理到一些只有在民國84年的台灣才可能出現的殺人方法時，總會不寒而慄地中止。

雖然只是字裡行間的一些文字資料，但是那些動機，那些心機，那些殺機，卻令我幾乎窒息。

我開始思考另一個問題：這些資料，這些散佈在不同版面角落，很可能在平時並不為人所注意的資料，真有必要在我手下編輯出來，真有必要在我手下突顯出來嗎？

我要解讀的訊息，我要傳達的訊息，如果適得其反呢？

甚至，如果這將成為一本黑色的教科書，或百科全書呢？

種種因素，使得我中斷了這個計劃。

5.

進入民國85年，我比較沒時間再去注意類似的新聞。但是，三不五時，一些新的資料還是會跳進我的眼簾。

我逐漸發現：民國85年，很多新聞的奇特度、廣泛度、血腥度，一點也沒有比民國84年少。

甚至，更多了。

想編這本書的念頭，在心頭會徘徊一陣，又被我否定。否定後，又再徘徊。

一直到兩件事情發生，使我下了這個決心。

一個是在11月初，我在仁愛路、敦化南路口，看到一輛公車。公車上有個廣告。廣告上是斗大的字：「屄屄圓舞曲」。旁邊則是比較小的字：「你要來肏我嗎？」

「肏」，「屄」這種在一般國語字典上都不見得查得到的字，竟然成為公車上的大幅廣告，橫行在男女老幼的眼前。

一個是11月21日發生的劉邦友槍殺案。

即使在編漫畫故事，都會覺得太過誇張與離譜的劇情，竟然成為事實而且活龍活現，直落得人瞠目結舌。

6.

我很確切地體認到：這兩年時間裡，一直徘徊在我心裡的一些觀察，一些擔憂，並不是毫無道理的。

原先一直徘徊在我心頭的一些顧慮，其實不必要存在。因為，這個社會的「有趣化」、「冷血化」、「黑色化」、「電影化」的程度和速度，早就超過了實際的可能。不論我個人如何解讀，編輯，都不足以影響目前的一切存在。

7.

我希望這本書能夠和讀者共同思考兩個問題。

縣長被殺案，發生在民國85年，震驚了全國。大家驚駭於社會的治安如此惡劣。但是，議長殺人案卻是發生在民國84年。為什麼大家就沒有這麼強烈的認知？

如果身為議長的人可以公然聚眾殺人，本來就在當殺手的人，又為什麼不能槍殺一個縣長呢？

我們對身邊的環境，是否太過沒有預測的能力，沒有體會的能力？

彭婉如被計程車司機姦殺，震驚了全國。但是光民國85年1月到10月，有案可查的強姦及輪姦案，就有1,087件。專家表示：把顧及顏面沒有報案，和私下和解的案件加上去，實際數字應該乘以十。

如果我們每天都最少有30名婦女被強姦、輪姦，那麼一個起了色心的男人，因為一個女人抵死不從而惱羞成怒捅她35刀，是否也有跡可循？

我們對身邊的環境,是否太過麻木、太過忽視?而非要一個知名的政治人物付出這種代價,才肯思索一下?

8 ·

因此,我把這本書編出來了。

書裡面的故事,都是國內報章雜誌上出現過的。但是我希望編成一本書之後,能夠有一些作用:

1)報刊上的消息太分散。而我以兩年的時間區隔,把故事分門別類整理之後,讓我們可以不只是閱讀單條的新聞,而可以比較清楚地看出我們到底置身在一個什麼樣的環境。

如果我們覺得對這個環境不安、恐懼,可以了解根源在哪裡。以免每次有大案發生的時候,就心驚肉跳,而不明白其中早有脈絡可循。

2)我們在今天是非常善於遺忘的。很多人也善於利用我們這種健忘。記載在報紙上的事情,事過境遷之後,大家好像誰都是沒事人。

編成一本書,可以讓我們的記憶深刻一些。

也希望,可以讓別人不要輕易利用我們的健忘。

9 ·

也許您不忍心閱讀書裡的很多故事,但是您必須。

因為,很多故事是別人付出慘痛的代價寫出來的,我們可以汲取一些教訓。

如果您覺得自己生活在不安與恐懼之中,起碼我們要知道原因何在。

今日不去探索這些原因,只是對您自己,或者您的家人明日的殘忍。

當然，讀完這本書之後，您一定不能忘記：要把書後面的「希望書」回函寄給出版社。

這才是我編這本書最重要的目的。

這樣，我們才能共同探索明天我們的希望可能在哪裡。

Taiwan, Her Sad Face

目錄

第**3**部　　　燴————種健忘的体質　（p.62）

内容大要：貪污、收賄的·金融的·勞工的、失業的·另一些資料·宗教的·兒童的·衛生的，健康的·環保的·交通的·嗜好的·法律的·城鄉的·傷感的·溫暖的·快樂的·光明的·等待的…

後語：**希望書**　　　（p.83）

希望書——
期待您的熱
情參與！

第一部

一 種 荒 謬 的 皮 肉

近年來，台灣的天空是黑色的。

事件很多。偷的、搶的、騙的、殺的新聞，要看也很難看完，要記也很難記住。

甚至，不知道從什麼時候開始，新聞都不足以成為新聞了。

但是，在來來往往的事件當中，民國84年年底的一個案件，卻總是很鮮活地浮現在我眼前，以致於每次的轉述都不必多花任何力氣，聽眾每次也都會表達最大的驚奇。

民國84年11月的一天傍晚，一個房客報案：他房東全家人都被人殺了。爸爸、媽媽，還有一個19歲的女兒，甚至連他自己也被兇手在脖子上刺了很深的一刀；他沒看清兇手的長相，不過他認為是房東女兒的男朋友。

房客的證詞，警方半信半疑，因為裡面漏洞太多了。最重要的一點是：爸爸和女兒的死亡時間都在12小時以上，為什麼他要這麼晚才報案？警方甚至懷疑是他在自導自演，然後自己在脖子砍一刀。

案子很快就破了！兇手還真另有其人，還真是那個女兒的男友。

這位男友是一位中南半島的僑生，來台求學之後，當了老師；在這家女兒13歲左右，還在讀國中的時候，就有了感情。兩人的感情持續了幾年，直到女兒19歲了，才準備公開，於是男友就去女方家裡求婚了。

女兒的媽媽很愛賭博，欠了一大筆賭債，所以爸爸開出的聘金條件就是1,000萬元來幫丈母娘還賭債。男友不可能拿得出這筆錢，所以就打了退堂鼓。

不過，爸爸不答應。怎麼可以想要他女兒就要他女兒，不要他女兒就不要他女兒？他要男友一定要想法子籌到這筆聘金，否則，他要去學校揭發這個當老師的在他女兒還在讀國中的時候就誘拐她。

生性含蓄，在校沉默寡言的男友，想到自己拿不出錢，馬上就要名譽掃地，只有一條路可走了。

於是他在這天夜裡一、兩點的時候，潛入女方家裡，先把爸爸殺死了，女兒出來相救，也被殺了二十刀死掉。但是媽媽不在，去打麻將還沒回來，於是男友坐在客廳裡等她回來。

天亮了，媽媽沒回來，倒是睡了沉沉一覺的水電工房客起床要上班。兇手男友這才發現家裡還有一個人，趕快上去補了幾刀，幸好水電工孔武有力，重傷之下，還可以反擊，竟然和兇手纏鬥起來，最後，是水電工把兇手壓在身體底下。

水電工問他：「我和你無冤無仇，你為什麼要殺我？」兇手男友想想也是，就建議兩人不

必這樣死耗著，乾脆一起數一、二、三，然後大家一起鬆手。於是，一、二、三，兇手逃回了客廳，房客躲進了房間，把門反鎖。

快到中午的時候，房客因為血流不止，希望兇手放他出去看醫生，兇手不肯，說他一定會去報警，只肯拿些冰箱裡吃的東西給他，或者，看他要不要抽根煙。

房客都不要，於是他就繼續在房間裡流血、昏睡，兇手則繼續在客廳裡等他的下一個目標。一直到傍晚，打完麻將的媽媽終於回來了，兇手也終於完成了他的願望，把她殺了，然後離開。

這個故事，我不時講給別人聽。一天，有人問我：你為什麼對這個案子這麼有興趣，你講來講去到底要講的是什麼呢？

是啊，我講得活龍活現(因為我是從四份報紙上綜合整理出的全貌)，別人聽得瞠目結舌的原因，在哪裡呢？

想了一想，大概有三個理由吧！

第一，輕鬆點來說，整個事件，是一種對想像力的考驗，所有情節，在漫畫故事裡，都不可能編得出來。(編出這樣一個故事的編劇，應該會被老編退稿，狠狠地罵一遍：「嘿，小子，太扯了吧！！」)所以，每次講這個故事的時候，都可以提醒自己：想像力是無限的。

第二，嚴肅點來說，我覺得光這一個故事，就可以把台灣目前社會的一些本質，說明個八九不離十，那就是荒謬加沒有章法。不論就理論還是實際而言，兇手與目擊者，是遠比貓和老鼠更無法共存的。而我們的兇手，竟然可以留著目擊者，再殺他要殺的第三個人。而我們的目擊者，竟然認為自己可以和兇手打個商量，看看能不能去看醫生。 這種兇手已經不像兇手，目擊者更不像目擊者，大家對自己角色認知不清的荒謬，不正是我們很多現實的寫照嗎？

第三，引申一點來說，事大不過生死。如果一個人連決定自己生死的原則都弄不清楚，我們又怎麼能奢望他對其他的是非、黑白原則能夠想得清楚，抓出分寸呢？

站在旁觀者立場，我們看這兩個人的故事，可能看得清楚。可是，事情一到自己頭上，尤其是沒有這麼戲劇化的時候，我們又能想清楚多少？

所以，我把這一個故事，留做第一部「黑」的開場。希望大家可以接受。而後面的，是其他的一些故事。

（要特別說明的是，在殺人的部份，我沒有列「姦殺」的部份，「姦殺」在第二部——「色」。警察和公職人員貪瀆的，則留在第三部——「燴」。）

我們先從騙人的開始…

台北市大時代廣告公司等三家公司的負責人，由於長期在廣告業工作，對客戶的習性十分清楚。他們知道刊登分類廣告的客戶，很少真正查看刊登次數以及效果，於是對客戶要求刊登的廣告，或是縮減天數，或是根本沒有刊登，而以影印或塗改的廣告混充。這樣，他們前後共騙取了台幣7,000多萬元。84/12

信用卡這麼熱門的東西，當然不能不騙——台南有個偽造信用卡集團。在幾秒鐘之內就可以製造一張幾可亂真的偽卡，共流入市面2,000多張。消費金額則高達一億多元。85/7

電話卡也不錯——以張耀元為首的8人犯罪集團，以販賣電話卡的方式，供人盜打國際電話。共發售電話卡近1,000張。電信局被盜打近2,000萬元。85/7

美鈔當然很好——士林分局警員在路邊臨檢，逮到5名嫌犯，起出800多萬元的美金偽鈔，而他們的目標是2億元。85/7

台幣偽鈔可能更好——深夜，警察在西門町漢口街口臨檢。在一輛停在路邊的車子裡發現三個形跡可疑的人。他們的座位下則發現一個個形跡可疑的紙袋。紙袋裡是面額520萬元的千元偽鈔。

三位先生都姓黃，是屏東同鄉，也是國小同學。其中擔任油漆工的黃俊郎是這些偽鈔的正主。他因為賭博在屏東輸了三、四百萬元，深為債務所困。

兩個月前他聽說可以用一比三的價格來換千元偽鈔，於是找到門路之後，先去太太戶頭提了150萬元，然後北上與另外兩位黃先生見面，一起去商談買賣偽鈔的細節。

在羅斯福路一條巷子裡，黃俊郎果真用150萬元真鈔換來了520萬元偽鈔。成功之後他們要

到西門町再看一個朋友（是否又姓黃則不得而知），但沒想到才停車就被警察查獲。前後不到一小時。

這批偽鈔並不算精細，但是數量卻很大。黃俊郎說接頭的人叫「博仔」，警方卻說三位黃先生可能都和偽鈔集團有關係。84/11

你有沒有想過統一發票的花樣？
調查局查獲一個不法集團，以虛設的17家公司行號虛開面額高達142億的統一發票，協助大家逃稅。85/7

身分證也不能漏掉——林源祥和歐陽鴻明等人組成的犯罪集團，專門偽造身分證及各種權狀，在土地及房屋所有權人毫不知情之下，就順利取得抵押貸款。全省詐財數億元。85/11

兵役當然也是個好題目——詐騙集團以每人35萬元的收費，說是可以協助解決兵役問題，結果只是以偽造的兵役證明來欺騙。共有三、四十人上當，詐騙集團共獲利1,000萬元以上。85/12

不景氣時代，貸款名目當然更不能放過——翁才興（又名陳華生）組織的「邦一公司」在報紙上大幅刊登廣告，號稱「代辦銀行貸款，迅速、息低，可先預支貸款額度一成應急」。等受害人上鉤之後，他們說貸款可在2星期內下來，但客戶必須先簽下限期支票以為保障，並支付若干利息。
2個星期後，客戶會發現自己簽出的支票被提領，而貸款的支票卻提不到錢。如果到公司理論，則會有人拿刀拿槍地追出來。85/12

甚至，連結婚請帖也可以偽造——五名獄友在獄中想了一個點子。出獄後先租下一間空屋，再以「林榮泉」化名印了6萬份結婚請帖，再委請一家行銷公司提供郵寄名單，寄給全國具名望的民意代表、政府官員、律師、工商代表等等。他們利用的是國人收到喜帖之後，由於面子問題經常禮到人不到的心理，準備行騙一筆。結果收到現金及喜幛超過300件。陳水扁、尤清、劉炳偉等，都有送喜幛。這個偉大的計劃是由「桑笠企劃工作室」所推出。85/11

以黃老師為名的黃志雄，用宗教做幌子，說台灣即將面臨末日，只有貝里斯是人間樂土，鼓勵大家移民，詐財達8億餘元。85/12

林建良、林柏利父子，在台灣設立空頭公司，再勾結泰國的空頭公司，以三角貿易為幌子，以偽造單據辦信用狀，向薩伊一家公司詐取了台幣2億元。
(他們比較厲害，騙的是外國人。)85/7

立法委員廖福本，和他的兒子廖文皓、廖文瑞經營一家中台製罐工業公司。民國84年向台中市一家宏全公司訂購一批價值1,100多萬元的易開罐拉環蓋，並開了民國85年4月28日的支票。
不料到期支票跳票，並且支票所有人已被銀行拒絕往來。宏全向中台催討，中台的董事長廖福本就重新開了8張支票和3張本票，但到期還是沒有兌現。宏全再去催討，發現中台置之不理，並且開始向法院聲請重整董事會。因此宏全提出告訴，控告廖福本父子三人詐欺。85/12

北市警局整理出十大刊登不實廣告的業者黑名單。這些業者常見的伎倆是：徵求總機、司機、抄寫員等等人員。面試過後，就說已經錄取。但必須交500至6,000元不等的保證金或保險費。說是上班後就會退還。工作就一直等不到消息，去要錢的時候，不是百般推拖，就是乾脆找出兄弟來嚇你。85/7

經銷某大飲料公司的董事長，被合夥的好朋友訛詐了3億元。有點不可思議的是，這位董事長被騙的最主要關鍵，是他不識字。85/12

台中紫晶企業涉嫌進口仿冒世界名牌產品，再高價批發給各大百貨公司。共查獲8,000萬元以上贗品。
(所以，不要以為去百貨公司買到的就是正牌貨。)85/11

失業率節節高升之際，前警總職訓隊教誨官黃騰祥，以「頂欣」、「頂松」等10多家「頂」字公司，輪流在各大報刊「高薪徵求」行政主管。面試時，以「四天回本」，「三個月賺

「一百萬元」等名目誘使應徵者繳納3,500元入會費，如果再拉進其他會員，再抽四分之一。被害人多為殘障人士、婦女、學生。85/12

金門破獲最大假酒案，起出4,596瓶白金龍高粱酒。市價超過320萬元。
（這種案子也列在這裡，好像在騙稿費。）85/7

再來，偷人的⋯

（偷人家老婆或丈夫的，在第二部「色」的部份。）

先講一個大偷——刑事局和北市警方合力偵破一個大型竊盜集團。贓物倉庫分散在台北、桃園、新竹、苗栗等縣。應有盡有，價值逾億，清冊厚達18頁，要最少20輛貨車才能載完。

以下是部份清單：吃的有300袋黃豆、22箱奶粉、200多箱礦泉水；裝飾的有：各式木雕、奇木奇石家具、大陸茶具、佛像、燭台、蜜臘念珠；用的有：各式家電、沙發、美耐板、五斗櫃。甚至還有廠房機械、26台機械人手臂。

這個犯罪集團最特別的是：以毒養盜。也就是有一販毒集團供毒給這個竊盜集團，竊盜集團則把贓物以低價賣給販毒集團銷贓。台灣過去多的是以毒養色，以毒養盜的則為首見。結果，破案的關鍵，也在於集團裡面一名十七歲少年身上的安毒。85/7

台中市刑警隊接到民眾檢舉，去查一個打著基金會的名義，卻專門收購贓車的車行。這個車行是三層樓建築，零件堆積如山。業者說是和「一般廢棄物回收清除處理基金會」簽有合約。該基金會董事長則是前任警政署長盧毓鈞。85/7

也和車子有關，不過是典型的家族企業——高雄一個江姓家族，父親、叔叔、兒子加女兒共5人，3年專門解體贓車共處理7,000多輛。85/7

新竹一名賓士車主，為了怕自己的愛車被盜，因此特別在底盤做了暗記。沒多久，車子還是被偷了。好久以後，他跟著旅行團去大陸福建省觀光。忽然看到一部和他失竊的車同款的賓士車。太親切了，他就上去東摸西摸，結果在底盤上摸到了一個和他做的一模一樣的

記號。

(台灣人偷車賣去大陸，應該是跟香港人學的。)84/12

陳重為先生租下了台中區中小企銀隔壁2樓。然後鑿壁侵入中小企銀的保管箱部門，竊走237個保管箱內財物，價值超過2億元。不到一個月，從他付房租的支票上查到指紋而破案，財物只剩1億5,000萬元。因為本案，大家發現幾點：1.銀行的保險箱只保管，不保險。2.保險箱可以用來放槍枝(陳先生說他發現了6把。)85/12

36歲的鄧女士，因為嬰兒胎死腹中，為了不讓夫家失望，所以到屏東仁愛醫院嬰兒房觀察了兩個小時之後，偷了一名男嬰。84/2

過去台灣某些山區可以看到滿山爬行的烏龜，現在則難得一見。大陸人太愛吃鱉，吃到最後連烏龜也不放過，所以，現在的烏龜都被大陸收購走了。不僅如此，因為鱉價高居不下，養鱉戶經常遭竊。高雄阿蓮鄉的陳先生，一下子就被偷了9,000隻中、幼鱉。84/10

搶人的…

重度殘障的楊先生，騎著他的電動輪椅，在士林捷運站附近避雨。三名騎摩托車的少年也一起進來避雨。四人相談甚歡，令楊先生深感人間溫暖。雨停了，三名少年幫他推輪椅下階梯，卻把他輪椅推翻，搶走了他的錢和殘障手冊，揚長而去。84/4

84年立委選戰期間，連戰到板橋蔡文賢的競選總部，為他站台造勢。為了保護閣揆安全，現場各式治安人員不下百人。這時競選總部對面有婦女高叫搶劫，要警察人員快追。不過，負責保護首長安全的警員，顯然執勤任務中不包括保護市民，因此以無線電話聯絡了其他警網攔截之後，歹徒就失去了蹤影。

(我們的公僕，果然是一個命令一個動作。)84/10

以蘇建龍為首的瘖啞搶奪集團，共有8人，他們專門在金融機構尾隨提款人下手，涉案至少15起，得款1,200萬元以上。84/11

男子陳英仕，搶了一位去接孩子的女士錢包就跑。一位見義勇為的女郎騎了機車撞斷他的腿。85/5

台北統領商圈一家珠寶店，被2名分持手槍和鐵槌的男女雌雄大盜闖入，搜刮了8,000萬元珠寶揚長而去。女的戴假長髮，遺留了一個背包，上書：「隨緣」。84/6

高雄的鄭先生是計程車司機，李小姐則是流鶯，兩人因為吸毒需款，組成雌雄大盜，搶了超商4,000元。84/3

一對同居男女，因為缺錢花用，就決定打電話叫應召女郎來行搶。第一個女郎來沒有錢，就先綁在屋裡，第二個還沒有錢，依樣畫葫蘆。到第三個，終於有點錢，也長得不錯，男的就決定強暴一下。於是女的就出去打電動玩具。幸好這第三位應召女郎事先和站裡講好如果沒打電話回去報告就是出了問題，所以站裡報了警。警察趕到的時候，打電動的女友也回來了。84年

想到搶應召女郎的，顯然不只一人——已經懷孕3個月的陳小姐，在懷孕之前也是從事應召工作，懷孕之後，沒法接客，男友又不再理會，經濟狀況無法維持。
由於做應召女郎的時候，曾經被男客洗劫過，所以想到「從哪裡失去的，從哪裡找回來」，就找了國中同學陳先生，一起在八德路一家賓館開了房間，看報紙找應召女郎來，然後用美工刀搶得3,200元。之後為了順利脫身，再以麻藥注射被害人令她昏迷。被害人昏迷之前，向陳女求情留一點錢給她看醫生，於是又留了一千元。等到再付掉房間租金，兩人才各分得400元。
(賺錢，果然是不容易。)84/11

一對同居戀人在晚上偷了一輛機車，再到街上兜風，搶了一名小姐6,000元，還脅迫她打電話回公司索款30萬元。這對戀人被捕，到了警局，倒是伉儷情深地相互掩護。84/11

台中的李小姐晚上要出門上班的時候，被兩名蒙面歹徒持開山刀押進屋裡，逼問出提款機

密碼，被他們提走了20多萬元。由於他們前後在屋裡待了一個多小時，而且得知李小姐上班遲了會被扣錢，於是很大方地從20多萬裡拿出了4,000元給她當補償。84/3

王姓女子開賓士300，遭男子用美工刀侵入挾持。她挨了幾刀逃掉，歹徒則因為轎車電腦啓動密碼尚未解開，所以沒能開走車子，只搶了三萬元。

（好車容易誘人入侵，卻也難以開走。所以該不該買好車？）85/7

台南有個精神病患持刀搶劫兩家超商。85/7

和平東路一家統一麵包店，被一名黑人闖入，持刀搶走3,000元。黑人的「搶劫」兩個字還得說得字正腔圓才行。84/10

張化文等三位桃園縣的兄弟，想搶一筆錢用用。但是因為劉邦友命案之後，警方重兵駐守，在桃園縣沒有什麼做案的機會，於是想到曾經到高雄一家卡拉OK店喝過酒，而那一家的小姐穿著入時，應該很有搶頭。他們就南下了。
12月9日，他們抵達高雄，當天就到這家店門口去等候狩獵目標。等到凌晨4點多，看上了一名43歲的小姐。當天一路跟蹤她回到她的住處，議定隔天下手，隔天他們過去，好不容易熬到這位小姐下班了，但是卻有客人來接她，只得作罷。
這位小姐還真紅，隔天、再隔天，一連好幾天，都是同樣的狀況。
15日，他們終於發現這位小姐沒有客人來接，只是和另一位小姐一起離去。於是他們精神百倍地跟了下去。半途，看到另外這位小姐也下車了，當然，他們就更加興高采烈。不過，他們跟蹤的這位小姐沒回家，進了一家電玩店，並且，一玩玩到天亮才出來。他們一個晚上又泡湯了。
16日，他們終於想通，費這麼大勁做什麼，決定直接闖進這位小姐家行搶就是了。於是，一人留在車上把風，另二人分持空氣手槍及水果刀上樓。正好警員巡邏經過，發現把風的這位先生，上前一盤查，他就都招了，於是警察就乾脆在車子裡等候。
上樓的二人，終於擄到這位小姐，於是一人先下樓（當然也就是先被逮的意思），另一人則逼小姐打電話給老闆籌30萬元之後，也押下樓去準備取錢。結果，當然，又是被活逮。
85/12

羅東的歹徒襲擊婦女，搶款110萬元。84/12

橋頭農會運鈔職員，被劫150萬元。84/12

打人的⋯

一位先生在統領百貨等電梯。看到一名少年亂吐檳榔汁，講了一句「沒衛生」，結果對方用機車鎖把他打成腦震盪。85/5

新黨立法委員傅昆成先生頂傷國民黨立法委員沈智慧小姐的下体。85年

國大大打出手。85/7

難歸類的⋯

汽車進口商利用駐華使節名義，進口名貴轎車，再申請「使」字牌，賣給國人。8輛車中，尹衍樑買了3輛。結果，尹衍樑和多明尼加等五國大使被視做共同止犯。85/5

恐嚇和綁架的⋯

台中地檢署指出：天道盟太陽會涉嫌長期介入中區、南區各電信工程圍標，向廠商收取顧問費。中區有26家電信廠商長期在該會保護之下，繳納每項工程款的3%。該會已得款6,000多萬元。85/12

北投五福宮的土地公像，被歹徒綁架勒索50萬元。半年之後，土地公生日的前一天，在日僑學校的後方雜草堆裡被發現。84/12

九族文化村被土製炸彈客電話勒索500萬元。歹徒先引爆了一枚，幸好無人傷亡。炸彈客是一名26歲的年輕人，擅長電工。85/12

台北一名建商剛承包了一項工程，就被歹徒持槍綁架，幸好國中兒子報案快，救回一命。
85/7

台灣賽鴿風盛，竊鴿事件也就層出不窮。偷也罷了，又演變成擄鴿，要有贖款才會放鴿。
通常贖款金額不大，在一千元至數千元不等。84/5

具黑道背景的立委羅福助進入立法院之後，先後傳出多名立委遭到威脅。民進黨立委蔡明
憲公開呼籲：「羅大哥請放手走開吧！」台下立委熱烈鼓掌，羅福助對這些事的說法是：
「在政治上本來就要有三分霸氣。」85/5

省議員蘇治洋在選民請託下向土銀「強制索賠」，除了將電視機、書櫃砸毀之外，還拿起
拆信刀脅迫總經理「要死一起死」。檢方以「妨害自由」起訴。
(我們的政治人物如果繼續樂於表演暴力，我們的計程車司機也沒有理由不樂於表現暴力
吧！)85/12

台北市中正警察分局陳姓小隊長和多名警員，為了幫一名飯店女服務生討債130萬元，假辦
案扣下一名男子車輛、金錶典當。85/9

殺人的…

頭份的已婚婦女胡女士，經常照鏡子，而魔鏡也回答她：她固然美麗，但這個世界上還有
兩個女人比她還美麗。一個是她的養母，一個是她的婆婆。於是她趕回瑞芳娘家，趁她養
母不注意的時候，在她背後插了一刀，養母逃離呼救，揀回一命。
胡女士刺殺第一個比她漂亮的女人失敗之後，趕回頭份，買了三瓶硫酸準備對付她的婆
婆。但是沒來得及用硫酸，她還是用同樣一把水果刀刺了婆婆一刀。這次，成功了；據胡
女士說：她才是這世界上最漂亮的女人，別的女人都沒有存在的必要。84/2

彰化6歲的何小弟，因為到鄰居家去玩，三歲的黃小弟不開門，就拿了菜刀把鄰居黃小弟拉
出來砍殺。

（殺人和被殺的，都破了紀錄。）84/12

林明堂退伍之後一直游手好閒，應徵牛郎又被騙了一筆錢；於是懷了3把尖刀到彰化市一家賓館投宿，準備伺機搶劫；結果被賓館老闆的三個小孩撞見，於是他就把10歲的大女兒刺穿了心臟，6歲的小弟弟割斷了脖子，9歲的二女兒刺死。84/12

隔著台北市師大路，范先生在這一邊賣香腸，陳先生在另一邊賣魯肉飯。這一天，范先生來找陳先生買一碗白飯，陳太太認為只買飯，不買菜，就拒賣。范先生火大，回來拿了牛排刀就把陳先生捅死了。84/3

一名男子在台北市八德路持刀搶了一輛計程車的600元和車子，開到內湖，因為和另一輛計程車發生擦撞，砍了司機一刀幾乎把脖子砍斷。他再跑到德安百貨門口，因為一名10歲的男孩子多看了他一眼，就割他一刀；一位電影導演也被砍得血流如注。84/2

平時是虔誠教徒，不久前還在教會聖經班受訓結業的陳先生，因為想吸強力膠，在地下道向一名婦女要50元，婦女沒給他，陳先生就拿了把水果刀刺她一直刺到死。84/2

前退輔會主委，現任總統府國策顧問張國英的兒子張光生，住在藍天凱悅大廈。這天凌晨他和兩位朋友喝了竹葉青、高粱等四種不同的酒之後，去找大廈管理員江謨清，理論上次車子輪胎被刺破的事。結果張光生刺了14刀把江謨生殺死。
張光生只有高中畢業，但經常自稱是留美博士、是馬英九在哈佛大學的同學。84/10

住在屏東，49歲的李永生，是前任空降特戰司令部勤務指揮部的上校指揮官。他的太太和女兒回家時，發現他側躺於客廳沙發旁的地上，渾身是血。左胸口插著一把類似生魚片刀的利刃，入肉約15公分，雙腳遭麻繩捆綁，嘴巴裡還塞了一條男用內褲，並貼上膠布。
李永生身材魁梧，具有跆拳道三段的實力。以他的敏捷身手，三名壯漢都難以近身。但是命案現場卻看不出有打鬥、掙扎的現象。附近鄰居當晚恰好都是高朋滿座，但卻沒人聽到李宅有任何異聲。甚至，死者短褲內皮夾的一萬多現金，也都還在。他退休兩年，平素生活規律，交往單純，沒有喝酒習慣。84/10

子女殺父母的…

42歲的張鴻基患有精神病。這一天他想吹笛子而找不到，就懷疑是母親藏起來的。他逼母親在神像前面發誓，兩人就扭打起來。最後他活活把母親打死。在一旁的張父，在勸阻不住之後，怕兒子連自己也打死，為了自保，眼睜睜地目睹了兒子把自己老婆打死的整個過程。84/7

三陽製藥廠廠長張朝坤，罵長子張嘉群不成材，挨了兒子一刀死掉。84/7

高中肄業的高小姐，由於不滿父親給她太大的壓力要考上國立大學，一時憤怒拿刀刺了父親肚子一刀。84/8

28歲的張先生，在電台廣播忽然聽到「佛祖」透過一名「聯絡人」降旨給他，說他母親已經被幻化成人形的妖魔附身。因此他必須立即替她除妖，而且不能請道士，要由他親自操刀。

於是，他在清晨五點鐘左右，到廚房拿了一把水果刀及菜刀，走進50歲的母親臥房，把門反鎖，朝她的頭、手、胸、腹一陣亂砍。

他母親竭力呼救，總算弟弟和姊姊及時趕到，送到仁愛醫院急救。由於母親沒有立即死亡，所以張先生總算找到了證據：「我媽媽患有心臟病，又有青光眼，被殺了七、八刀還不死，難道不是妖魔？」84/12

楊先生與太太結婚數十年，與丈人也相處如同兄弟。最近發現太太行為詭異，十分不爽。這一天找老婆找不到，就趁著酒意帶了把尖刀去找丈人要人。丈人也交不出女兒，所以一刀把他刺死。天亮了，太太回來了，原來她去妹妹家打了一天一夜的麻將。只是丈人死得冤枉。84/5

父母殺子女的…

77歲的楊先生，有個33歲的獨子。兒子這天晚上吵著要爸爸陪他去求親，爸爸說第二天再去，兩人就吵了起來。最後父親把兒子一刀刺死。84/2

花蓮一名失業水泥工上吊，順便毒死2個兒子。太太患精神病不知情，只剩老母戚然。85/7

丈夫殺太太的…

分居丈夫與太太作愛後發生爭吵，一拳打昏太太離家。結果太太就此死在地上，2歲女兒也活活餓死在家裡。85/7

高雄男子和同居女人吵架，女人打男人一耳光，男人回踹一腳，女人撞到衣櫃死亡。85/6

桃園黃姓藥師由於和妻子感情不好，經常出門採藥一段時間才回家。太太也帶著兒女等搬到他處，這一天兩人相遇，他受不了太太出言帶刺，捅了她8刀，然後吞藥跳海自殺，但沒死成。84/4

離婚婦人許女士，另外有了男友。前夫這天攔下她和男友的車子，求她再回家看小孩，許女不為所動，前夫掏出石灰灑向他們，男友趕緊躲開，前夫就殺她6刀，切斷她的氣管。84/1

41歲的高先生和53歲的太太住在台中西屯。高先生嗜賭成性，前後向妻子索款三十多萬元，兩人經常口角。這天晚上，高先生再度向太太開口借錢，但太太在陽台曬衣服，不予理會。
高先生當然不滿，破口大罵，雙方衝突起來，高先生用力一推，高太太就跌倒撞到一旁的水塔鐵架昏迷。接著高先生拿了一條三尺長的電線，套住太太的脖子拖進臥室。高太太被電線拖得又醒過來大叫，於是高先生再接再厲，抄起一把角木就猛砸太太的腦袋。高太太頭破血流，哀嚎不已也沒用，終究被高文貴拖進床頭櫃，拿棉被蒙住，傷重而死。
高先生等到妻子確實死掉之後，把屋裡的血跡清洗乾淨，並且把房間整理整齊，和床頭櫃裡妻子的屍體共睡一夜。第二天晚上高先生的兒子回家，問他爸爸怎麼兩天沒有看到媽媽。高先生回答到台北去找女兒。高兒子查證過後發現父親騙他，開始找尋母親行蹤。
後來，高兒子請來鎖匠打開父母的房間，終於發現父親殺死了母親。高兒子拿了菜刀架著父親，要父親去警方自首。但高爸爸不肯。於是這對父子演變成路上追殺。

警方據報處理，本來以為是父子兇殺，結果卻是夫妻兇殺。84/11

32歲邱姓男子，因多種前科而服刑，84年過年時假釋出獄。他回家過了一個星期的年假之後，懷疑20歲的年輕妻子在外工作有外遇，於是發生口角。邱先生看到房間裡面有一把水果刀，就一刀刺進妻子背後，送醫不治。84/2

林女士和李先生已經離婚，但是兩人仍然和四歲的兒子一起住在高雄。這一天她去朋友住處，和對方大廈管理員發生衝突而受傷。她回來後，要求李先生陪她去理論，被拒絕，因而變成兩人之間發生爭吵。李先生就一把將林女士從19樓窗邊推下去。84/5

李先生和許女士，離過婚又復合。這一天中午，他們夫妻在台中老家做完愛之後，因為許女突然質問李先生為什麼還要和一名女子私通款曲，並揚言如果採取法律行動，她可以用鈔票砸死李先生和該女子。李某趁太太背坐在床沿，從背後勒死她。李先生後來把屍體運回台北，裝了袋子扔在北投的貴子坑溪攔水壩。84/1

嘉義縣28歲的黃先生，和19歲的太太已經結婚4年，生了子女各一。因為兩人在婚後就時常爭吵，他也懷疑太太有外遇，最後到了不可收拾的地步，雙方就同意即將進行離婚。
這天晚上，兩人到一家汽車旅館做了最後的告別夜之後，隨後談及雙方子女的撫養問題。王女忽然表示不想回家，並且躺在床上譏笑他沒有男人志氣。黃先生新仇舊恨一起湧上心頭，就乾脆把她勒死。84/11

太太殺丈夫的…

鑽石商呂宗明被勒死在家中，結果是被妻子以及妻子的情夫所謀殺。85/7

潘明秀誘使男友把丈夫謀殺，再夥同新男友把舊男友勒死。潘小姐小兒痲痺，但眉清目秀。不過，有這麼大的本事，還是令人想不通。84年

Taiwan, Her Sad Face

不小心死的⋯

台北警方突襲力台大樓的二家酒店，一舉查獲81名涉案男女，其中有一名剛完成性交易的賀小姐，企圖攀爬9樓逃亡，結果摔死。85/7

失火、縱火，和爆炸的⋯

台中衛爾康大火，造成單一事件死傷人數最多的火災。因為死亡人數太多，產生冤魂徘徊不去的各種傳言，其中最言之鑿鑿的，就是有一艘幽靈船飄在台灣的空中，幽靈船停在什麼地方，什麼地方就要發生大火。84年

後來，台中市夏威夷三溫暖大火，燒死17人。85/2

33歲的男子，和一名髮廊女子同居3年，女的因為受不了他經常酒後動粗，所以離家出走。而他以為對方另結新歡，就帶了2個啤酒瓶改裝的汽油彈，到髮廊去縱火，造成2死7傷的慘劇。84/10

少年在KTV和人發生口角，到了樓下拿機油縱火，造成死傷慘重的事件。84年

台北木柵地區，在一個小時之內，接連發生4起機車縱火案，造成27部機車和2輛汽車焚毀。85/12

金素梅開的梅林新娘會館大火，5死11傷。85/7

中埔鄉地下爆竹廠爆炸，三人重傷，兩人有生命危險。85/7

統聯三重站，被人燒了五輛客車，這是近年來的第六次。85/7

屏東市「榮興雞鴨肉批發中心」遭縱火，負責人逃出，但妻子和幼子被燒死。85/7

板橋發生縱火案，14部機車付之一炬。85/12

花蓮大火，5死3傷。85/12

自殺的(老百姓)…

40歲的林先生，一生愛狗。婚後沒有子女，把一隻流浪狗生下的6隻小狗視若己出。其中一隻叫「大同」的，更是他的最愛。有一天他外出，把大同關在籠子裡，回來卻發大同奄奄一息，送醫不治。林先生因此而自責不已，開瓦斯自殺5次，幸而獲救，第6次，他趁太太出門，終於成功。

林先生留有厚厚兩疊遺書，寫滿對大同的思念，表示死後希望火化，並且要把骨灰和大同的混在一起永遠放在家裡。甚至大同的5個兄弟，他也要求妻子在牠們亡故後，要舉辦隆重的葬禮，至少要每隻都花上30萬元。至於祖產房子，也要變賣，把所得都分給路上的流浪狗。84/2

平日事父至孝的台中市民白芳城，在90歲父親過世後，他一直自責未能和老父同住，晨昏定省，沒有善盡孝道，結果以汽油自焚而死。他兩名兒子在搶救他的時候，也遭到嚴重灼傷。兩人也都為了沒能救回親而淚流不已。85/12

彰化縣吳建鋒，因為父親去世太過悲傷，在殯儀館內躍入正在焚燒冥紙的金爐內自殺。85/7

景美綜合醫院的離職護士楊小姐，回院去見已婚的醫生。診室的護士才剛離開一下，楊小姐就用水果刀插入自己的胸部，不治。85/12

一名女郎從4樓跳樓，摔下來只有骨折。她又重新爬上4樓，再度跳下，這次達成了願望。84年

影星于楓服藥自殺獲救，返家再上吊自殺。85年

Taiwan, Her Sad Face

數年前台北一名女郎跳樓，自己沒死，卻壓死了一名賣燒肉粽的。民國84年，這名女郎重新上了新聞版面，這次是因為她在賓館裡和一名男子廝混。照她的說法，是因為那次壓死燒肉粽的事件使她太過有名，所以在她擇偶和交友上造成極大困擾，不得不出此下策。84年

自殺的(公僕們)…

刑事局二線三星組長李育校，寫了一封未寄出的請調及辭職書，舉槍自殺。根據警政署內部檢討，25%人員有酒精濫用問題。85/7

就讀陸軍官校時成績優秀，還到美國接受嚴格軍事教育的小金門連長羅大中，可能因為工作壓力的關係，舉槍自殺。85/7

新莊警分局李佳鴻在洗手間舉鎗自殺。85/7

少年的…

桃園一位國中馬同學，父親70歲，母親也有57歲，雖然家境貧困，但是因為是獨子，所以，父母都很疼愛，全家所有的希望都放在他身上。馬同學有些內向，偶而幾次向同學借錢未還，都由父親出面解決。這一次借同學的掌上型電動玩具，不小心弄丟了，雖然又是父親幫他賠給同學，但是他卻留了一封懊悔的遺書失蹤了。幾天後，路人發現他上吊死在機場附近。84/11

台中市二十多名不滿18歲的少年，帶了手槍、西瓜刀、武士刀和機車大鎖，在路上飆車。他們看到另外十幾名男女也飆車過來，就一路追殺過去。進了警局之後，他們說自己也不知道為什麼要逞凶。他們更關心的是：去採訪的記者是哪一家媒体，他們要去買份報紙，看看自己的新聞，當作紀念。85/12

鳳山的十來名國二少年，在電玩店裡和同校另一派20幾個同學發生口角，引爆衝突。結果

現場刀械、球棒、木棍、沖天炮、信號彈、汽油彈齊飛。其中一名腦漿迸出，失血過多，一直昏迷不醒，一名被刀砍入肺臟，肺葉外露。85/12

台中縣一對14和15歲的國中男女，同居之後，扮起鴛鴦大盜，專找單身婦女行搶。這一天搶到了一名女老師。被警察逮捕之後，警察看他們兩個脖子上東一塊西一塊接吻吸出來的瘀青，叫兩人不要太誇張，結果他們哈哈大笑。84/4

就讀台南市某國小5年級的王姓女童，現年11歲。顯然是個讓父母很頭痛的人物。她除了經常下課後不回家，而且好幾天不見蹤影之外，還交了一名18歲，有強姦前科的男友沈文裕。

兩人交往一年多，感情時好時壞，沈少年經常騎機車到學校門口載王女童出遊。這天下午，王女童到沈少年家中找他，兩人發生口角，王女童吵著要分手，並且說回去要把沈少年以前送她的禮物還給他。沈少年於是就拿了一把西瓜刀，到樓下等王女童到來。

王女童找了另外4名十六，七歲的少年一起返回。當然沈少年則是二話不說拿起西瓜刀就追殺王女童。幸好西瓜刀很顯眼，剛好就有路人看到報了警，所以18歲少年當街追殺11歲女童的戲碼只上演了一半就被趕到的警察打斷。84/3

永和2名17歲少年，看到2名少女在提款機前提款，就想搶劫。結果，一女的左手背被刺穿。另一女被連刺4刀，第5刀因為落空，又用力太過而使得刀都變了形。幸好這位少女穿的衣服很厚，只有一刀刺穿衣服，差點傷及左胸心臟部位。少年行兇的過程，被提款機前的錄影機給錄了下來。84/12

基隆某國中，一名國二的女學生算是「大姊頭」。這一天由於另一名男同學聽說大姊頭要修理他，就找了三男三女，共7個人去理論。大姊頭本領高強，一把西瓜刀，以一對七，全身而退。85/11

5歲赴美的17歲朱姓少年，自美國攜帶大麻返台，在松江路一帶PUB販賣。84/9

國光藝校爆發學長對學弟施暴案。其中並有數名被要求雞姦。經過調查，原來是學長不滿

意學弟欺負更年小的學弟,所以就來了這麼一招。85/11

復興劇校,也被指管教不當,學弟被學長強脫褲子。85/11

新竹少年監獄暴動。這個新聞本來搞得很大,但是,劉邦友血案很快就發生了,所以,沒有人再注意他們了。85/11

一名蹺家的14歲少年表示:為了不受人欺負,他加入了萬華地區一個由上百名流浪少年組成的黑龍幫。85/5

江姓少年主持家庭神壇,被十來名十七、八歲的少年找上門尋仇,自己被砍斷雙手,父親也被打傷背部。85/12

民國84年,台北有所國中爆發男生集體性騷擾女同學案。

狠的…

苗栗的彭元俊因為和朋友的債務糾紛,殺了他33刀,再澆油放火焚屍。85/07

15歲的涂姓少女,小時候父母離異,與母同住,對再婚的父親和繼母一直懷有恨意。後來繼母和父親分別去世,她的恨意又轉到同父異母的妹妹身上。於是一天晚上她找了五名不良少年,把13歲的妹妹灌醉,再輪姦。85/11

中央大學一位陳同學,因為課業競爭,連續一年半之久,在另一位曾同學的實驗室、洗髮精、拖鞋、茶葉、咖啡之中放了十多種實驗用化學藥品。結果使曾同學身體越來越虛弱,還腹瀉。陳同學自動退學之後,校方說這和退學無異,不再追究。
(校方這樣處理,是對的嗎?84年,還有另一個類似的大學生給同學下毒案。本案可能是學來的。)85/5

一男子在公園裡要搶一名老頭，老頭沒錢，他惱怒之下用手摳老頭的眼珠，差點把眼珠摳了出來。老頭接受電視台訪問時，一隻眼睛腫得睜不開了。84年

好像違背了常識的…

台中市一家舞廳，進來了一些客人坐12桌。又來了一些客人，小弟希望12桌的客人能換一下，但是12桌的客人不肯，所以他們就坐了68桌。12桌的客人不久就買單，出門的時候不爽，有人朝天花板開了8槍。

68桌的客人也出去了，不一會兒也帶著槍回來開了幾槍，但不是來堵12桌客人，而是來找小弟和保全人員算帳。說是槍又不是他們開的，幹嘛要怪是他們惹的禍。

還好警察趕到，雙方一陣槍戰，就捕。前後3場槍戰，流彈傷了一名舞小姐大腿。

（以前大家開槍，是因為不能在小弟和舞小姐面前漏氣。現在開槍，是要給舞小姐和小弟好看。這是什麼江湖排場？） 85/7

台北歐普斯公司開發的低空傘具，聲稱只要25-40公尺，一秒鐘就可以全張開，並且發揮效用。（一般降落傘需要400公尺以上，5秒鐘以上才能打開。）他們刊登廣告徵求模特兒，結果一名37歲的吳先生摔死。另一名旁觀的模特兒評論說：「跳傘又不是雨傘，怎麼可能一秒鐘就打得開？」 85/7

政治人物與暴力…

桃園縣長劉邦友及縣議員莊順興等九人，被人在縣長公館警衛室蒙住頭部，槍槍命中太陽穴斃命。（這種情節，也是誇張到電影和漫畫書裡都不太好意思設計）

劉案註定要成為民國85年年度大案。截至本書出版前，尚未破案。由於案子太大，據媒體報導，太多長官關心本案，造成辦案人員許多困擾。也出了很多插曲。

譬如根據目擊者公佈的兇手面相，大家都覺得很面熟，後來才發現，原來她看到的是還沒被害之前的莊順興議員。

因為本案，「老三」成為台灣地區大家聊天的最愛。所有有「老三」稱號的人，都提心吊膽。破案日期，也被賭徒拿來下注。一些涉案人物可能去過的餐廳，也大上媒體，知名度

陡增。

（當然，劉邦友絕不是台灣第一個被槍殺的政治人物，也不會是最後一個。）85/11

屏東縣議會會長鄭太吉，和縣議員黃慶平，因為賭場保護費的糾紛，半夜到一名商人鍾源峰家裡，叫他出來，當場射殺。84/1

鳳山市代陳昌雄，可能是因為賭債糾紛，在家門口前被人一槍斃命。84/9

高雄縣議會議長吳鶴松，因為沒有支持岡山鎮民代表黃文忠參加市代會主席，在參加朋友喪禮的時候，被黃文忠教唆堂弟黃文重殺死。84/11

民進黨秘書長邱義仁，在上班途中遭到暴徒攻擊，被打得面部受傷很重。85年

立法委員彭紹謹，被歹徒以開山刀砍傷手、腿。85年

台南縣議員劉平和，遭90制式手槍近距離開了4槍死亡。85/7

前汐止鎮長廖學廣當選立法委員之後，一天夜裡被4個人綁架出去。關到一個山區的狗籠裡，還好沒有傷到性命就被人發現救了回來。85年

前台南縣議員楊金月夫婿林文呈，晚上被歹徒持槍闖入，朝肚子開了三槍。
事實上，楊金月在六年前當選縣議員之後，在就任前一星期也被槍擊，中了9槍。
85/7

省議員顏清標的三弟顏清金，涉嫌夥同4人向沙鹿鎮民吳國華住宅連開24鎗。85/7

黃泰榮在嘉義市落網，今年1月他和同夥一起去屏東縣議員林明順家門口朝鐵門開了3槍。4月則槍擊一名警員重傷。85/ 7

嘉義市議員蔡嘉文，在地方上聚集不良份子，涉嫌圍標，得知建築商人賣土地賺了不少錢就強行勒索，勒索被拒就將對方打傷，再強搶750萬元。結果，以強盜、妨害自由等罪嫌被移送綠島。85/12

在蔡嘉文被補之後，由高檢署及警政署直接指揮的300多名警察、憲兵，則針對嘉義縣議長蕭登標的住宅、服務處、親信人員住處等31個地方展開搜索。據傳，蕭登標因為涉嫌綁標、圍標，還被舉發涉及一項槍擊命案，已經被列為治平專案掃黑對象。但蕭登標自己說是被政治對手曾振農陷害的。85/12

挨槍的，當然不只政治人物…

桃園平鎮分局的警員林土旺，因為釣蝦場的老闆不肯買他的帳，一槍斃了他。85/12

台北市復興北路有個餐廳「海珍寶」，是四海幫老大陳永和投資開的。民國85年1月，他和幫裡其他朋友在歡聚一堂的時候，兩名戴頭套的男人進來，以類似裝了滅音器的90手槍，開了七、八槍，將陳永和當場擊斃。旁邊要救陳永和的四海幫另一名老大俠哥，也被一槍擊中眉心。兩名歹徒逃逸，一直到年底，本案尚未破。
（在民國85年1月發生的這件槍殺案，已經多少預言了台灣可能的腥風血雨。有人敢找上四海幫的大本營把人家的幫主幹掉，為什麼不能有人闖進縣長官邸把縣長幹掉？）85/1

4人打麻將，進來一人觀戰。結果一槍打死一名賭客。開槍的人投案，說他因為口袋裡放了一把槍，怕被人看到就一直握著槍。結果要脫外套的時候，一緊張就不小心扣動了扳機。
（不敢帶槍，就不該開槍。）85/6

屏東經營遊藝場的男子，遭到5名男子押走，雙手和雙腳至少出現12個彈孔，左腿動脈也被割斷，失血過多而死。85/12

新竹市現役軍人，也是一名幫派份子，被殺手狙擊三槍斃命。85/7

省刑大幹員到水上鄉查案,碰上亂鳴喇叭又超車的黃姓男子。於是開了五槍。黃先生沒挨到。但車上的未婚妻中了二槍,幸好沒死。

(我們應該如何品評這種槍法?)85/7

劉邦友血案之後,萬華兩名成衣工人騎機車在路上遭到槍擊,又是一槍貫穿2人腦袋。
85/11

南投縣25歲男子曾文邦,被人從近距離擊中太陽穴,當場死亡。85/11

麻豆警方追緝煙毒犯黃聰榮,引發槍戰,互開70多槍。但還是被黃跑掉。

(我們又該如何品評這種槍法?)85/7

花蓮商人因為工程圍標,被4名黑道份子開了6槍。85/6

還想知道一些槍的事情嗎?

要犯「小牛」被捕,起出3把衝鋒鎗,4支制式手鎗,624發子彈。85/7

屏東縣警局逮捕一名黑道份子,起出可以裝置狙擊鏡,滅音器的長短槍6枝,子彈317發,防毒面具及防彈面罩。85/7

金門警方查獲有史以來最大的槍枝改造案。85/12

天道盟濟公會會長蕭澤宏,帶著百萬現金要出門賭博時被捕。他從事過國際軍火買賣仲介,被捕後在住處卻只搜出一把打BB彈的玩具手槍。蕭澤宏要求警方保密,以免破壞他在道上行情。85/12

美國治安單位進行長達16個月臥底行動,破獲了一樁據稱是有史以來最大的軍火走私。「龍火行動」的主角是中共的軍火,也可能有中共軍方高層人士直接參予。檯面上的主事者

則是一名來自台灣的顧漢群。他的姊夫是前僑務委員黃偉成。85/5

不要以為走在街上是安全的…

高雄一市民在街上拾獲一個橢圓型箱子，好奇地拿回家拆開，卻炸掉了左手掌，右手小指和無名指。85/7

台南體育公園內的花壇上，發現一個金屬品，並有警語。警方引爆，嚇壞了數十名圍觀民眾。
(真是什麼都愛圍觀。) 85/7

霧峰一名縣民早上要出門工作的時候，發現車門下有個紙箱，他用腳一踹，轟然巨響之下，腿部被一些3公分的鋼釘刺穿。85/12

出了國，也不見得安全…

我國派往巴布亞新幾內亞的農技團團員張正連，被當地土人搶劫槍殺。85/11

台灣一位在大學教書的先生，在土耳其遇襲，石頭砸了腦袋。85/11

兩名來自台灣的魚翅商人，在南非開普敦碼頭上被槍殺。85/12

帶一點高科技味道的…

台灣克萊斯勒公司自民國84年1月起，遭一名「誠實的賽門Honest Simon」連續以英文信函及電子郵件恐嚇，說是要捐獻20萬美元，否則就揭露克萊斯勒去年出售颱風泡水車。警方經過數月努力，查出一名任職第四台的李先生涉案。他說，他只是想請他們贊助一個網路計劃。
目前警政單位大多使用386電腦，少數還有在用286的，這次破案，不是透過電子郵箱，主

要是因為李先生使用了一個傳統的郵局信箱的關係。

(所以，以高科技為名目的犯罪，就應該徹底高科技。)85/7

男子胡鍾琳以7,900元買一套WINDOWS 95複製了50,000多套軟體，又以14,000元買OFFICE 4 .3，複製了2萬套。轉售英國。營業額高達8億多台幣。85/7

侵佔和背信的…

香火鼎盛的行天宮董事長黃忠臣，涉嫌擅自動用1億8,000多萬元，向自己姐夫購買已經高額設定抵押的房地產，又高價購買一塊土地荒置。被控偽造文書、背信、業務侵佔。85/7

台中八信的女襄理，十年來以偽造印鑑等方式，盜領存款3億多元，被求刑4年。85/11

和軍隊有關的故事…

在桃園防砲單位服役的「空德」，退伍前半個月離營逃亡，動機奇特。原來他的林姓連長先放他黑假半年，代價是請他去吃喝玩樂，洗三溫暖。等到他要回營時，打電話回去，發現連長因為涉嫌侵佔公款，正在接受調查，因為擔心他走漏口風，所以就叫他先不要回營，繼續在外玩耍。於是他被逮了，就成了逃兵。

(多少軍中兄弟要羨慕死這位「空德」了。)85/10

空軍基隆八堵油庫，新兵蔡照政持槍濫射，3死3傷。85/12

陸軍部隊在屏東演習，迫擊砲角度偏差，造成中尉裁判官死亡。85/12

花東防衛司令部上等兵陳家興攜械逃亡，到宜蘭劫得一輛私家車之後，飲彈而亡。其服役單位未作任何說明。84/10

新竹湖口營區的靶場，受限於場地不夠寬廣，砲彈和子彈經常誤傷民宅人畜，在大家的壓

力之下，軍方只好把所有的迫擊砲口固定，使射擊角度和方位一成不變。

(希望中共攻打台灣的時候，角度和方位也一成不變。)85/12

和毒品有關的故事…

毒犯董文凱在玫瑰中國城設了一個販毒據點。台北刑警大隊在半夜一點展開圍捕，董文凱一夥人就分由各門脫逃。警方經過一番追逐之後，才把他們一一緝拿到手。逮捕過程中，驚醒社區居民，大家以為是拍攝警匪片，每看到便衣刑警逮到一名歹徒，就鼓掌叫好。

(台灣的國片拍不好，是有原因的。圍觀的觀眾，連真戲假戲都分不清。)85/12

台灣、大陸都很難安全地製造安非他命。所以最新的方法是：利用大陸漁船上的冷凍設備來提煉安非他命，然後台灣的毒販再上船購買。85/10

(想起10年前一個類似的故事。台灣漁民和大陸漁民先是交換漁貨。後來台灣漁民想到一個不勞而獲的方法，拿些手錶和小家電去換就好了。大陸漁民也很聰明，再拿一些藥材之類的土產來交換。台灣漁民再出奇招，在船上裝了錄影機放A片來扳回一城。大陸漁民回歸到最根本的，乾脆找些大陸妹在自己船上實地交易。於是海上到了晚上就有奇景。換東西的換東西、看A片的看A片、辦事情的辦事情。)

調查局破獲了一個由大陸、香港、台灣三地所構成的毒品走私集團，扣獲上億元的高純度海洛因8.8公斤。毒品是由深圳經香港抵台的。85/12

金三角昆沙向緬甸政府投降之後，毒品產量和運輸路線產生重大變化。國內黑幫開始以隨身攜毒的方式，自大陸走私來台。有兩位先生在內褲裡藏了400多公克被捕。85年

大陸遙控的毒販，派人從澳門來台，把645公克的毒品放在運動鞋底闖關。85/12

桃園縣的歐春花是中一家幼稚園的老師。因為吸毒而被周增祥控制，6年來共賣了30多個未成年少女。連自己的女兒都賣了2次。

歐春花是被周增祥所控制的，周增祥則是受楊梅洞指示的行竊集團首腦。楊梅洞是以電話下訂單，然後由周增祥和黃耀源等照單去行竊。這樣偷來的東西，兩天就可以銷贓。85/11

唉，還有這些外來的非同胞…

家住台北市伊通街的陳林翠娥80歲。因為罹患老人痴呆症，所以由女兒僱了一名叫安琪麗娜的菲傭。

這天下午4點左右，老太太的女婿下班回來，詢問她要不要洗澡。陳老太太同意之後，就由安琪麗娜幫忙洗澡。5點50分左右，老太太的女兒也回來，發覺浴室沒有任何水聲或動靜，於是開門查看，結果發現母親倒臥在浴缸旁，頭部浸在水裡。安琪麗娜則平躺在地上，滿地是血。

老太太的左前胸被刺三刀，深及肺部，送醫不治。女傭則前胸及右頸多處刺傷，其中一刀較深，急救後脫險。

據查，安琪麗娜十分想家，情緒因而不穩定。陳家家人帶她去看過精神醫師，但是安琪麗娜還是確定想要回菲律賓。陳家已經帶她去人力仲介公司辦好手續，原訂一星期之後就要回菲律賓，但是不幸卻提前發生，成為國內第一宗菲傭殺死僱主案。

死者陳翠娥是上林電機前總經理陳龥根的夫人。84/11

一名叫葛洛莉亞的菲傭抵台第二天到雇主家就有胡言亂語的症狀，第三天中午就在屋內奔跑，企圖由雇主家的書房窗戶跳樓，幸好僱主及時制止。84/11。

民國84年6月，澳門發生空前的千萬元港幣海上劫鈔案，嫌犯被香港、澳門、大陸三地共同通緝，其中的一名共犯陳桂清曾以變造的越南護照來台非法打工。84/12

高雄籍釣魷船合勝一號，5名台籍幹部被殺，後來證明是兩名大陸船員幹的。他們的說法是：他們的月薪只有110美元，又遭到各種欺辱。84/6

烏龍的…

忠孝東路的一棟大樓，在半夜裡傳來電動鑿孔機轟轟的巨響。住戶被吵醒之後，就報警處理。警方趕到之後，仍然沒有看到什麼。循著聲音找到4樓一家公司，是出自公司裡的電鑿聲音。但是公司大門反鎖，只好用滅火器砸碎大門進去。即使如此，正在努力破壞保險箱的小偷還是沒有警覺，最後警方只得上前打斷他。

原來這位先生和他其他的同夥，都是聾啞人。他們在這棟大樓擔任清潔工，因為知道這家公司的保險箱裡有鉅款，所以起意以電鑿打洞。不過，他們沒想到的是：對他們而言聽不到的電鑿聲，就算不在半夜裡，對正常人來說就和打雷一樣大聲。84/11

85年1月，一位王晉銘先生，搭復興航空由台北飛台南，在嘔吐袋上寫了「有三人，有炸彈及槍，速飛福建晉江機場，否則爆炸。」後來，空服人員將他制服，他的辯稱是：字條是臨時寫的，只是想開個玩笑，如果飛機飛到晉江，可以順便遊覽、探親及觀光。六個月後，經診斷他有妄想型精神分裂症，不起訴。85/7

陸軍一位少校軍官，在高雄和太太等飛機，寫了一張「劫機」的紙條留在航空公司櫃台，登機前被逮到，他的說法是：只是開個玩笑。航警局的看法是：玩笑開大了。85/10

榮總掛錯血袋輸錯血，把要給一名老人的A型血，輸進了一位27歲的O型貧血女病人身上。85/7

立法委員陳朝容的辦公室被竊，警方在現場取得的指紋是6根指頭並且是雙姆指。循線逮到一個人之後，發現這竟是他在三年之前幫陳委員裝鐵門的時候留下的指紋。竊案與他無關。85/11

38歲，台大畢業的小說作家黃先生，過去多次自殺獲救。這次買了一本「完全自殺手冊」拜讀之後，獲得一個靈感，就是去砸毀街上的車子，激怒車主來攻擊自己，達成自殺的目的。於是他帶了一把大鎯頭，到安居街去把整排的名貴轎車擋風玻璃砸碎。

不過可惜的是：車主們只是把他痛毆了一頓，要把他打死，還差得遠。85/6

Taiwan, Her Sad Face

一名20歲左右的青年要打劫超商，結果被店員先出拳打中臉部，他太過意外，只好把雙節棍丟向店員，然後抱了收銀機逃跑。跑沒幾步，因為太重了，就把收銀機扔在地上自己跑了。84/10

政府的…

全國治安會議，在民國85年12月30及31日召開。李登輝及連戰出席。李總統表示：近年來由於社會變遷急遽，傳統道德規範和價值觀念面臨重大挑戰，導致各種犯罪案件頻頻發生，因此，行政院長連戰採行了一系列澄清治安的作法。但是近日來仍發生若干不幸事件，令人感到非常遺憾。為了扭轉目前敗壞的社會風氣，重新塑造良好的治安環境，他要求行政院對加強海防和緝私要拿出具體可行的辦法。

連戰則表示：解嚴以後，政府以柔性方式處理群眾運動，但日久天長，造成公權力不彰，使民眾質疑政府維護治安的決心。因此，政府要貫徹公權力的行使。另外，近一年來，社會暴力犯罪也有小幅增加，要消除犯罪者作惡的原動力，就要徹底查緝黑槍、毒品，與走私，今後海防和緝私工作都要加強。85/12

全國治安會議盛大召開之際，台北市長陳水扁也提出了以1997年為台北市「治安年」的三大前瞻性構想：

1．逮到竊賊之後，在移送地檢署過程中，把姓名，甚或家長姓名都貼在警車上，讓市民知道誰是小偷。

2．未滿18歲少年，在周一至周五深夜零時至6時還在外遊蕩者，一律由警方加以「保護」。

3．八大行業及特種營業如收留18歲以下青少年，或者發生凶殺、械鬥、槍擊，立即予以關門大吉。
（以後週六和週日的晚上，台北市街頭要被青少年霸佔了。）85/12

高雄市長吳敦義也宣佈了97年為高雄的治安年。他要求警方在殺人、強盜、擄人勒索、強姦、竊盜等暴力犯罪的犯罪率方面，應較民國85年降低20%，破案率則應提高10%。85/12 全國治安會議達成多項制度性的大突破，其中，包括賦予警察通訊監聽權。85/12

第二部

一 種 氾 濫 的 表 裡

民國85年11月下旬，我搭計程車經過仁愛路敦化南路口，在等紅綠燈的時候，看到一輛停在旁邊的首都客運292路的公車。

公車外廂的廣告很大，斗大的「屄屄」圓舞曲就那麼大刺刺地張貼在那裡。旁邊幾行比較小的字，上面寫著「我很想肏您」，「向掃黃行動致敬」。

事實上，進入85年之後，先是MTV電視台一齣「好屌」的廣告，引起了轟動，接著又是「屄屄」來了。

就我個人而言，我總認為一個社會的開放與否，色情的開放程度是個極重要、甚至是最後的指標。 我也總認為：各種情色也好，色情也罷的出版品，都應該有他們的生存空間。而色情出版品的開放，與政治的開放程度永遠是成正比的。

有個故事，一直讓我印象很深。大陸在開始改革開放之後，很多外商進入大陸投資，但是日本人一直到去了深圳，看到深圳有了妓女之後，才真正認定這次改革開放不只是講講而已。但是，台灣這次的屄屄事件，讓我不安的是：

1．色情儘管可以開放，但應該是願者上鉤的事情，廣告應該是在某些特定的媒體上出現，活動應該是在某些特定的區域進行，但這次的「屄」、「屌」，卻是直接以大眾的廣告媒體，直接映入一些從8歲到80歲不分男女老幼的眼簾。

國外以色情意涵為訴求的廣告的確很多，但是要說在大眾傳播媒體上直接以「cock」、「pussy」這種文字來表現的，卻十分少見。

2．性，是需要一點想像力、需要一點隱密的。就像身體上最敏感的部位，不能老是被無緣無故地碰觸。否則麻木了，大家都不好辦。「屄」、「屌」可以如此正面曝光，和台灣的色情案、強暴案逐年累加，是可以互相對照的。

而對一個各種暴露都可能出現，各種強暴都可以存在的社會，會發生彭婉如事件不是很自然的嗎？

以前，在公車上暴露一下下體，就可以讓某些人很興奮了。現在，不拿竹棍插入小女孩下體，把人家的小腸都截斷，夠刺激嗎？

因為以上的原因，在「色」這個部份的開頭，我以這個事件當作一個指標。當然，台灣有關色的事情，還是要請看下文⋯

姦而不殺的…

基隆港務局一名蔡姓員工，據傳強暴同事、鄰居以及女牙醫，但因為有位省議員親戚，所以港務局對他也無可奈何。其中一名受害女子戴面罩到省議會陳情。85/12

台中汽車客運公司的44歲司機張基杉，「好心」幫一名無家可歸的末成年少女安排到台汽停車庫內居住，卻把她強暴了。張先生食髓知味，並把好事和好朋友分享，邀了其他五名司機和加油工一起加入長達一年的強暴行列。85/12

桃園出現一夥新的強姦集團，他們利用一輛箱型車，找一群女生出現的時候，選中目標撞過去製造假車禍。然後再趁其他同學驚慌失措時，下車把傷者扶到車上說是要送她去急診。當然，他們不會去急診，只是把被害者帶到偏僻地區強暴了。85/12

影視傳播公司負責人，登報徵女職員，趁機強姦一名17歲女生。85/11

新莊市昌隆國小警衛周耀堂，在警衛室設置佛堂，先後認識子女在該國小就讀的林姓和胡姓妯娌。周耀堂先生善加利用佛堂，將去佛堂禮佛的兩女多次加以強暴。並對兩女在該校的3名女兒也加以猥褻。去年兩女的先生得知狀況後，制止兩女再去禮佛，周耀堂就夥同朋友以打電話及持械威脅的方式恐嚇女方家族。85/12

台北市中山區轎車之狼第6度犯案，歹徒2至4人不等，專在夜間下手，搶劫、輪暴。連一名孕婦也不放過。85/7

台北2名男子侵入公司行竊，被制伏後發現他們身上穿的是女用花點內褲，因而又查出住宅強盜、強姦案。85年

中和一個離職的國中工友涉嫌以金錢和禮物為餌，強暴猥褻了5名國中、國小女生，另向8名男生恐嚇取財，最後被兩名少年痛毆一頓。85/12

台北市的電梯之狼劉承德落網。他專在電梯內搶劫，強暴女子達30件以上，他供承因為從小缺乏母愛，又多次被女友拋棄，所以心生報復。85/7

葛樂禮颱風夜，台北市一名懷有8個月身孕的女人，在家中遭到強盜、強姦。85/7

台北智障婦女及她8歲女兒，被一名經常去她家的善心人士下藥迷姦。85/7

國中畢業的蔡先生，受不了就讀大學的女友另結新歡提分手，所以就用繩子把女朋友綑起來，強暴再拍9張裸照。84/4

新竹培英街附近，出現一匹培英之狼，專門針對放學的女學生或夜歸女子，以瑞士刀架住，強行猥褻。這匹狼是一所國立大學的研究生，他說是論文寫作的壓力太大，只能以這種方法紓解。84/5

殺而不姦的…

板橋24歲的廖祺慈，夜裡歸家路上被人以利刃割了喉部長達20多公分的一刀。食道及氣管都被割斷。傷後她連續攔了兩輛計程車都沒停，她在第三輛車載她去醫院途中不幸死亡。警方懷疑這是犯下2死5傷案件的「社後之狼」。本案在半年之後，宣佈偵破。兇手是33歲的陳春福。案子雖破，美中不足的是，他只承認兩件。
陳春福說，他一吸了膠，就想割女人的脖子。85/5

姦而殺之的…

龜山女子劉靜宜，被姦殺棄屍。85/7

男子藍世鵬，因為覺得鄰居陳秀娥頗具姿色，所以就拿家裡浴室漏水為理由，騙她到家裡意圖強暴。陳女不從，反抗大叫，於是藍先生乾脆先把她招昏，再用一把藍波刀割了她的脖子。連氣管和頸椎都一起割斷。84/7

彰化少女沈雅婷，和室友潘小姐同租一屋。

由於沈雅婷曾經講過潘小姐的男友黃天泉沒有出息，黃天泉認為沈雅婷是在挑撥他們的感情。於是，黃天泉邀請還在高職就讀的洪存威去算帳。

這天早上潘小姐已經上班，沈雅婷還在睡覺，而黃天泉有鑰匙，就開門進去。他們兩人進去之後，先是用兩條棉被壓住沈雅婷予以強姦，後來發現沈雅婷窒息死亡，就出去買了一把刀，回來把她的手臂支解，再砍斷腰椎，折成兩截，借一輛車子載到和美去埋屍。回來後，黃天泉還在分屍的浴室裡洗了個澡，再到房間睡一個覺，等女朋友下班回來，若無其事。

楊日松驗屍之後，發現沈雅婷被分屍的時候，其實只是休克，尚有意識，所以，是被活活支解的。84/12

花蓮16歲的萬姓少年，和13歲剛從國小畢業的鄭姓少女，雙方交往半年多，彼此家長也熟識。

這天下午，兩人相約出遊，但是被大雨所阻，於是就在萬姓少年住處觀賞錄影帶。經常看錄影帶之後情不自禁，產生衝動的萬姓小先生這次在亢奮之餘，不免要硬上。鄭姓少女堅拒之後，體格壯碩的萬姓少年就乾脆把她的衣褲撕裂強姦。少女事後要逃跑，萬先生卻又擔心遭到控告，給白己的前科再增加一項不良紀錄，乾脆就拿木棍把人家腦袋打破，把全身赤裸的少女丟到排水溝遺棄斷氣。84/5

民進黨中央婦女發展部主任彭婉如，赤裸陳屍於高雄鳥松鄉一處草叢中。身中35刀，右眼球突出，事後證明是遭到姦殺。

彭案最大的作用，是透過一個政治人物的被殺，讓大家正視台灣婦女長期活在強暴陰影下的問題。但能否真正改善，沒有人能回答。85/12

30歲的詹建發，假釋出獄後，從事計程車司機工作。從84年10月起，一個多月內連續以下迷藥方式，洗劫三名女子財物。其中一名被強姦後醒來準備逃走，被他殺了棄屍在南港山區。85年

（警政署長姚高橋透露：全國領證的計程車司機共有125,430人，其中有刑事前科的46,871

人，有違警前科的1萬多人。所以，「每三個計程車司機，就有一名前科犯。」同時他也表示：「連我的女兒也不敢搭計程車。」)85/12

(連方瑀說：她也不敢再讓女兒搭公車回家，而一定派車去接她女兒。)85/12

(就在彭婉如事件後，計程車司機紛紛要自律、自清之際，台北市兩家計程車行司機卻又爆發了嚴重的衝突。)85/12

高雄縣國小女童賴詩婷，失蹤2個月之後，被發現成了一堆屍骨。結果兇手是24歲的郭志賢。郭志賢是小孩子口裡的「大哥哥」，很能和小孩子相處。
但是，他一看到長髮披肩的八，九歲小女孩，就控制不了自己的衝動。他曾經為了強暴一名八歲女童坐牢2年多，又強暴了一名女童坐了4年多的牢。這一次，他說還沒來得及強姦，一不小心就把她勒死了。85/12

就在全國治安會議隆重登場的民國85年12月30日，台中市一位5歲的女童，被人發現下體赤裸、流血，不停地哀嚎。一名歹徒「叔叔」用削尖的竹棍插進她的下體，刺穿子宮，連一大截小腸都被扯出體外。醫生將她已經裂為兩半的子宮切除，小腸多處斷裂，只剩七，八公分長，其餘90幾公分都不見了。就算幸運能活下來，一輩子都得靠注射流質營養來維持生命。
這個案子是一名33歲的謝振茂幹的。他這天喝了幾杯米酒之後，看見女童年幼可欺，就拖到竹棚裡去撫摸她的下體，由於遭到抗拒，就拿起竹棍戳進去了。
兩天後，他準備又對一名小學三年級的女孩子下手時，被逮。85/12

再看一些數字…

中央警察大學犯罪防治學系主任黃富源指出：民國62年台灣只發生242件強姦案，到82年激增至850件。這個數字還嚴重低估，因為有的因罪證不足而未起訴，有的未報案或私下和解。推估實際數字應該是10倍。換句話說，到民國82年，全年應有8,500件，平均每天有20多件。

事實上，到了民國85年，光是1到10月，這個數字就又高漲到1,087件。也就是實際應有10,870件。平均每天超過30件。

當然，刑事警察局對這些說法有些不以為然。他們表示：「這裡面有許多是半推半就的約會強暴，有的是未成年的兩情相悅，只是被家長堅持告訴而已」。

(很奇怪他們為什麼認為約會強暴不算強暴？並且，他們有沒有想過：強暴案會越演越烈，也和他們認為不值得如此大驚小怪有關？)85/7

婚姻暴力也日趨嚴重。據省社會處民國82年調查，19%的已婚婦女遭配偶施暴，推估每年有3至7萬名先生加害自己太太。台北市康乃馨專線每年接獲配偶施暴婦女2,500至3,500通電話。佔所有求救電話的75%左右。85/7

6成受虐婦女，選擇離家。85/11

台灣家庭計劃研究所指出：15至19歲的青少年中，男性12%，女性7%有性行為。 預估未來二、三年還會增加為20及15%。而十年前這個數字分別只是5及2%。少男的性伴侶最多有5個，少女的最多則在10個以上。

應召的…

台北市藍帶應召站，花名冊裡多達169名應召女郎。根據應召站本身的資料，其中除了不少學生之外，還包括學校助教、美容院員工和貿易公司兼差的女子。這個應召旗下的小姐每次應召價碼都在10,000至15,000元不等，與台北市至少60家賓館有勾結。84/11

高雄愛河一帶的流鶯，有三、四十名，年紀都在三、四十歲以上。這一天，一名流鶯竟然糾纏上了高雄市副市長黃俊英。於是高雄警局只得組成專案小組來處理這件事了。84/4

69歲的陳老太太，因為目不識丁，丈夫又已經死去，為了生活，只好從三重到萬華去當私娼，每次接客300元。84/3

57歲的劉老太太，因為先生在10年前就去世，收入只有13,000多元，而且又有生理需求，所以就決定下海出賣靈肉。每30分鐘收費500元。84/5

白吃白喝的⋯

刑事局兩線四星高級警官王家儒向應召站召妓陪宿，還涉嫌搶奪妓女的財物，並進行性虐待，警方記了兩個大過免職，並追究刑責。但業者表示：警察召妓陪宿早已不是什麼新聞，甚至許多應召站都有警察插花入股。84/11

全家出動的⋯

57歲的陳先生，和太太聯手開了一個應召站。這個應召站旗下只有一名小姐，就是他們還未成年的17歲女兒。84/11

警方聽說板橋一家茶藝館有人帶槍，全副武裝出動之後，沒查到槍，卻查到包廂內有不少青少年。有的是和父親來，有的是和伯伯來，還有3名未成年的。85/12

爸爸搞女兒的⋯

35歲的曾木文離婚之後，取得8歲女兒的撫養權。

平日他都是把女兒寄養在妹妹家。這天晚上他去把女兒接了出來，到了一家旅社投宿。第二天下午，旅社老闆娘上去問要不要清掃，發現曾木文要出門，而8歲的女兒卻赤裸裸地死在被子裡，並且全身有被熱水燙過的跡象。

曾木文說：進了旅社之後，他的第六感告訴他，女兒被非禮過，有髒東西附身，所以用熱水給她沖。後來她怎麼會死掉也不知道。但是在警方的查問後，他終於承認其實是他姦殺了自己女兒。84/3

父母離異的14歲國中少女，跟爸爸一起住。這位爸爸不但強姦了她，而且如果她不肯上床的話，就亂摔東西，造成少女受驚過度，得了精神焦慮症。最後，父親還給她帶來了性

病：滴蟲症。84/4

嘉義市一位先生的8歲女兒，被祖父和叔叔利用幫她洗澡和睡覺的機會，強姦了三年。每次事後則以30到35元的金錢給她花用。最後被她爸爸發現移送法辦。叔叔挨了頓揍，自己認罪。爺爺則只承認在孫女私處塗塗藥膏而已。85/12

桃園的33歲男子廖富興，長期強姦自己12歲和14歲的女兒。還帶大女兒去墮過胎。85/2

新竹58歲的林嘉榮，強暴10歲的乾女兒長達1年，造成下體潰爛，可能無法生育。85/7

宜蘭40多歲的陳先生強姦了親生女兒兩三年，帶她去墮胎，還要恐嚇她去從事色情行業。85/11

一名開設神壇，自稱是「濟公活佛」的林芹貴先生，被繼女控告強暴，並且經常向女信徒下藥放符。84/12

一個爸爸趁每天早上媽媽去幫女兒做早餐，上學前的半小時，長期強姦女兒。84年

爸爸搞兒子的…

6歲賴姓男童，在父母離婚之後，常遭生父強迫吸吮下體，並予以雞姦。後來，賴童寄養到別人家之後，生父仍舊會趁來探望他的時候，帶他出去性虐待。並且慫恿兒子回寄養家庭去偷錢，再給他一些零用錢來獎勵。寄養父母再三向社會局等單位求助，但是得到的答覆是：「強制猥褻罪」是告訴乃論，而他們又不是親生父母，所以無法提出告訴，因此，警方無法拘提。84/10

兒子搞媽媽的…

33歲男子發現自己母親有了個男朋友，就尾隨兩人到了賓館，強迫兩人拍下相擁的親熱照

片，勒索了男方55萬元本票。85/9

牛郎的…

都是李安惹的禍——一家以年輕俊俏的牛郎為號召的「喜宴舞蹈俱樂部」，被台北市警局督察室圍剿。結果臨檢到了牛郎86人、少爺10人，再加女客78位。另外，當日牛郎被買單出場的帳單有14張，金額18萬6千多元。所以全體牛郎不下100人。幸好有14人已經不在店內，因為光是這86名牛郎，已經動用了警方的大型警備車，並且由於人數眾多，大安分局刑事組無法容納，只有開闢七樓的禮堂製作筆錄。而且從清晨8時一直到傍晚，所有的筆錄才錄製完畢。

這家牛郎店已經三易其名，改名「喜宴」之後，已經被安和路的派出所以「無照營業」告發了16次。但營業照舊。據負責人表示：牛郎的存在，最起碼對棄婦、酒家女等社會邊緣人的情緒能夠予以撫慰，因此未來希望能和其他酒店一樣可以合法化。84/11

20歲的劉小姐，目前有兩個身份：一是某高商的夜間部學生；一是林肯酒店的小姐。她是在三個月前與酒店的姐妹們到「喜宴」喝酒，認識了來自香港的曾牛郎。由於她幾乎天天去捧場，所以兩人已經很快地發展為「男女朋友」的關係。劉女客自稱很想完成學業，因此白天都在圖書館讀書，晚間到校上課，放學後到酒店上班，下班之後再到牛郎店捧場。不過牛郎店的消費並不便宜，她一個月在酒店上班的收入是十多萬元，而她去牛郎店捧場則是半個月就要花20萬元，所以她最近就去得少了。這一次是因為曾牛郎打電話給她，表示生意太差，一檯客人都沒有，要她捧場。她一時心軟，去買了他兩節外場，卻被警方臨檢逮到。劉女客在警局裡頻頻憂心，怕學校裡知道此事而影響學業。84/11

一名清純的會計小姐，因為陪美國回來的表妹一起去牛郎店開開眼界，結果迷上一位牛郎。她不但送牛郎各種鑽戒，在牛郎生日的時候贈送999朵玫瑰之類，幾乎每天都去捧場，大酒一買就是上百杯，令一些見過場面的人也自嘆不如。

她不但把自己辛苦積蓄多年的200萬元揮霍一空，甚至利用職務之便，偷開了公司的300萬元支票。84年

30歲男子從小患有小兒麻痺症,因為行動不便,找工作十分不便,一般人都給予歧視的眼光。為了生活,他決定下海充當牛郎。「賺錢實在不容易啊!」他說。84/2

17歲的郭姓牛郎,高大帥氣,酷似櫻木花道,父親是事業有成的企業家。他被送進廣慈博愛院這個本來專門收容不幸少女的婦職所之後,引起一陣震撼,大家紛紛稱他「寶貝」。84/9

照警方的資料,台中市的牛郎餐廳最多,有47家,高雄市有32家,台北市則有17家。其實,這麼多家,已經把市場早就撐得飽和了,並且,在警方不斷臨檢之下,生意大不如前。
於是腦筋動得快的人,就進行「產業外移」,其中最重要的就是華人密集度最高的美加地區。台北中山區的一家餐廳,就在溫哥華又開了一家「台式」牛郎餐廳。在台式小吃之外,別具特色,專門以「內在美」或「內在加」的寂寞婦女為對象。84/12

幼齒的…

12歲的楊小妹,還在讀國小,父母在開日本料理店,早出晚歸,沒空管她,因為零用錢不夠,又知道自己的外表凸出,就去酒店當公主。被警方逮到時,她最自豪的,就是有人出4萬元要買她的初夜,她還沒答應。84/9

三重警方查獲5名應召女子,其中最小的一名只有11歲。是目前為止警方所知年紀最輕的賣春少女。85/12

三名年僅14歲的少女,蹺家賣淫,其中一名更升級當起老鴇。這天,三人因為賣淫分帳不清,而在西門町相互追打,被警方查獲。85/7

孝順的女.

李媽媽有16和19歲的一對姊妹。由於母親節快到了,姊妹兩個想送媽媽一個電動按摩椅。

但是要7萬多元。於是兩人就想到一個最輕鬆的方式賺這7萬元：到酒店陪酒。被逮的時候，她們倆最遺憾的是，只差幾千元就要達到兩人的目標了。84/5

老少配的…

一位老先生玩他家樓下鄰居的國中女兒，一玩把姐妹兩個都玩上了。

於是姐姐晚上要陪家的人時候，就叫妹妹上樓去陪他。妹妹出不了門的時候，就姐姐上去。彼此都以「老公」、「老婆」相稱。

姐姐以前曾經被另一位老頭玩過，深感沒有把處女留給這位老先生很對不起，為了證明自己對他的愛才是真的，懷了孕就決定要把孩子生下來。懷到五、六個月，決定還是把孩子拿掉，於是老先生就提供了墮胎的藥物。沒想到懷的是雙胞胎，一個死了，一個還有氣，只得在馬桶裡淹死。因為良心不安，她們給兩個孩子起了名字，一個叫什麼「紀」，一個叫什麼「念」。然後由小媽媽寫安魂信給他們。

從頭到尾都不知道自己女兒懷過孕的樓下父母親，有一天不經意看到了這些安魂信，這才知道了樓上的老先生對他們女兒幹了什麼好事。85/10

同性的…

男同性戀色情按摩中心，首次在忠孝東路出現。除了提供色情服務之外，還備有十多項特別服務。其中包括鞭打身體、滴蠟燭、吐口水、噴尿、套狗鍊、夾下體等性虐待。85/12

愛人同志也會搞仙人跳。被害人擔心家人知道他是同性戀，就打電話回家說是出了車禍，破財一萬元。主嫌後來被捕，在警局自稱有愛滋病，警方問案，數度想咬辦案人員未能得逞。85/7

代打的…

葉女士因為身上有婦女病，下體經常發炎，無法行房。因此，為了滿足丈夫的需求，乾脆強迫經常來家裡玩的兩個親姪女，一個9歲一個7歲，供她先生姦淫。她則在一旁觀賞，如

此持續3年。84/2

一名歹徒以利剪侵入台北市錦州街的一棟出租女子公寓。歹徒本來要強暴蔡姓女子，但因為她正好來月經，只得作罷，改而在蔡小姐面前自慰。自慰完了之後，他留下了2,000元，說是給她做「補償費」。84/6

多情的…

60歲的陳老先生認識了一位女子，熱情、溫柔又體貼人心，於是就邀她回家作客。結果被蔘茸酒狠狠地灌醉。第二天醒來後，發現家裡被翻箱倒櫃，多年攢下的金鍊子，金戒指全不見了。存摺也被盜領了不少錢。

陳老先生去報案了。但是一直孤獨的他，對女郎的善體人意念念不忘，頻頻要求警方一定要幫他把這個女子找回來。84/5

外遇的…

42歲的葉女士和陳先生結婚二十多年，生了五女一男。

5年前，葉婦罹患乳癌，開始經常往來大陸求醫。她的先生則在一次聚餐中認識了一名姓徐的女人，經常帶回台北金山南路的家中同居。

葉婦在大陸聽到風聲，立即趕回台灣。結果了解丈夫與情婦難分難捨之後，願意成全兩人，與丈夫離婚。可是丈夫陳先生卻拒絕。因為他打算腳踏兩條船，執意要讓徐女也住在家中，以享「齊人之福」。

徐女聽了不爽，跑了出去。她丈夫追了出去，跪地又把她求了回來。看在眼裡的葉碧雲這下子寒了心，就暗地在煮好的麥片中加放安眠藥，讓丈夫吃下。

可是談了沒多久，大家又不歡而散。徐女又跑了出去，並不斷在門外按門鈴催促陳先生跟她一起離家。丈夫已經開始昏沉，所以雖然也想跟徐女出去，但是卻力不從心。

葉女士看她先生還是要掙扎著出去，就在麥片裡不斷地加重安眠藥數量，並且不斷地餵她先生吃下去。結果從晚上10點左右，到第二天早上6點鐘，她陸續給丈夫吃了70多顆安眠藥。同時，她越想丈夫要腳踏兩條船越氣，在臨上床睡覺之前，用絲巾勒緊陳嘉雲的脖

子。

她丈夫死了。但是葉女士最後的說法是：她所有的作案過程，目的只是為了「留下」丈夫，而非有意致他於死地。84/4

激情的…

中壢的葉小姐和黃先生同居多年。這天葉小姐過生日，吃完蛋糕之後，黃先生卻拿出一個裝滿藥水的針筒，再用棉被蒙住她的頭，給她打了一針：「告訴妳，今天是妳的生日，也是忌日。」葉小姐苦苦哀求良久，黃先生才送她到醫院，又求了好久，才講出給她打的是什麼農藥。黃先生說：因為懷疑葉小姐和別人交往，所以打算毒死她之後，自己也自殺。84/7

高雄29歲男子張文龍不滿女友陳月雲要和他分手，這天在工廠外面等她下班談判。談判不成，張文龍就拿出了一盒禮物。禮物是一盒土製炸彈，炸得陳月雲死掉，他自己也斷了左掌。85/12

外來的…

泰國女郎「珍塔波」，來台22天就被迫接客200人。即使生重病也被強迫做色情力式的性交，對方勒住她的脖子，差點把她勒死。她的收費是5,000至7,000元。（台灣錢實在好賺又不好賺。好賺的是生了重病都有這種價碼；不好賺的是差點連命都沒了。）85/12

台中市「淑女窩」應召站，抓到3名馬來西亞應召女郎，和一名高中女生。高中女生是因為暑假到了，想賺點錢買衣服。3名馬來西亞女郎中，卻有2名是台灣媳婦，丈夫分別在新竹和高雄。 85/7

愛滋的…

衛生署發佈：本土愛滋感染人數破千，十年來，平均每月新的感染人數，從2人激增為20

人。85/7

國內愛滋病患高達1,274人，台北則有644人。其中有一個未婚女性因召男妓而感染。85/11

美斯樂女子拿著假護照，帶著愛滋來台灣，接客10次。85/7

12月1日是世界愛滋日。國內愛滋病患公佈了他們的心聲。台中有一位病患去醫院，醫生第一句話就是沒有病床。並且把他轉給另一位醫生。這一位醫生連續4個星期沒有給他任何治療，只給了2瓶眼藥水。衛生署表示：預計要把愛滋病床由60床增加為100床。85/12

不雅的⋯

台北市民政局長陳哲男到台北看守所會見伍澤元的時候，口出穢言辱罵女法官。84/12

國大副議長競選開始。陳婉真指控謝隆盛「私生活」不檢點，與一位拍攝限制級照片及A片的林文莉同居。85/7

無以名之的⋯

北投一位張先生，前後偷了女用胸罩102件、內褲98件。85/12

新竹縣夫妻結婚3年，一直沒有消息。經過檢查，發現先生一直把尿道當陰道。新娘還是處女。85/12

智障的10歲女童一夜沒回家，祖母罵她的時候，她說我被脫了褲子還有人在我身上尿尿。是76歲的蘇子清幹的。85/5

一位專科畢業的少女，到一家小型公司當會計。50歲的老闆一再施以小惠，以公司的支票買禮物給她。但是每次支票金額都要這位少女寫，並且要求不要記帳，以免老闆娘發現爭

吵。等到經由這個少女開出的支票到了50萬元，老闆變了一種說法。說是這個女孩自己搞的虧空。如果要老闆拿錢彌補，則必須陪他睡覺。

女孩子就這樣失身於他兩年。但是等她辭職，結婚之後，老闆還是繼續糾纏。又寄存證信函，又寄影印的支票，指控她盜領支票，必須賠償。

最後老闆果然提出控告，而法院雖然知道女孩子遭到陷害，但是沒有證據，無法為她開罪，只能判刑一年。84/10

新竹80歲的黃老太太，得了夢遊症，常在半夜起來摸熟睡的兒子和媳婦的臉。結果使她兒子和媳婦一年來睡不好覺，眼眶黑了一圈。84/11

再看一些趨勢…

光華商場出現一本熱賣的「紅燈區」。這本書專門介紹國際成人網站，號稱是台灣首見的第一本類似書籍。其中有介紹各種情色刊物，有情趣商品的購買指南，也有應召站的直接介紹。85/12

正傳有限公司出版「性愛大全」一系列翻譯書籍之後，遭新聞局查禁，移送法辦。法院認為不構成猥褻，判決無罪。而新聞局仍認定猥褻而加以沒收。最後訴諸大法官會議。

大法官會議在7月5日作成釋字407號解釋指出：有關風化之觀念，常隨著社會發展，風俗變異而有所不同，主管機關所之釋示，不能一成不變，應隨時檢討改進。85/7

春宮石雕，開始成為國藝品市場的新歡。85/7

另類的…

花蓮的車先生，報警捉姦，逮到自己妻子張女士和一位趙先生同居。但是趙先生說：3年前，他承包車先生家的廁所改裝工程，車先生不但拒付工資17,000元，而且要他把張女士帶走抵債。所以，車先生是欠他的錢，自己同意妻子和他同居的。

張女士也拒絕和車先生一起回家。她說：車先生3年前欠了趙先生錢之後，多次逼她離家和

趙先生同居還債。她的「原配」喜怒無常，沒法再生活在一起。（台灣版的「桃色交易」，不過，17,000元還是少了一些。）84/12

鳳山一名20歲的梁姓女子，和一名29歲男子佘先生交往了兩年多，也有了親密關係。後來她覺得兩人思想與年齡有很大差距，要求分手。佘先生說兩人交往那麼久，他的感情投入很深，應該賠償損失。梁小姐答應分3次付給5萬元。

但是佘先生拿到錢之後，還是繼續糾纏。到這一天深夜，佘先生打電話說他手中有梁小姐的裸照，如果梁小姐不配合，就要新聞發佈一下。

梁小姐依照指示去一個小木屋見了佘先生，果然有裸照。於是只好任由佘先生擺佈，被他姦淫。但取回一捲底片及23張照片。

可是到3天後的深夜，佘先生又打電話來，說是還有一捲裸照。於是梁小姐又去了小木屋。這次不但被他姦淫，還讓他用原子筆等拍了39張特技照片。

最後，梁小姐還是報了警。警方搜索佘金湖的住處後，除了找出大量照片及底片之外，還在佘先生的手提袋裡面找出許多梁小姐的陰毛。84年

台北人也幹了這種好事

一位從事美容工作的24歲林姓女子，和前任男友黃先生交往了四、五年。今年，她和黃先生分手。但是這一天黃大先生來向她借錢，她不借，黃先生就拿刀恐嚇她，把她打傷，更進一步揚言要殺她全家。

後來黃先生又出了新招，寄了兩人當初做愛的錄影帶給她，向她勒索50萬元。如果她不給，他就公開錄影帶。警方逮捕了黃先生，也在黃先生的家裡找到了許多他和別的女孩子拍攝的做愛錄影帶。84年

一對認識不久，情投意合的男女在男方家裡約會。

警方前來緝拿男方，男方暴露又是吸安又是通緝犯的身份。女的很訝異，但不是嚇到，而是她的身份也很特別，也是吸安兼通緝犯。這次當然輪到男的瞪大了眼睛。85/5

政府提供的一些辦法…

一般而言，當婦女遇到歹徒的時候，最常叫「搶劫」、「非禮」、「強盜」，台北市中山
分局印製的傳單中，卻要求婦女改喊「失火」。因為在冷漠的現代社會裡，「搶劫」、
「非禮」、「強盜」這些事情，都只是你家的事，只有「失火」，比較可能扯得到別人，值
得引起他的注意。85/12

行政院將在近期成立兩性平等會報。85/12

一些女性的要求…

明德春天百貨公司要求專櫃小姐上班時間不得坐下，搬走所有座椅。導致50餘名小姐聚眾
抗爭。85/7

台汽西站自6月起對女廁所開始收費，大專女生行動聯盟前往貼海報抗議。85/7

在全國治安會議召開的同時，婦女連線百餘代表和象徵1,088雙無法等主人再回家的女鞋，
出現在行政院的門口，抗議「全國治安會議，無法讓婦女安心」，要求22個月之內召開
「全國婦女人身安全會議」等十項訴求。85/12

第三部

燴

一 種 健 忘 的 體 質

民國85年剛進入8月，如同往年，台灣來了一場颱風。

颱風來之前，大家先是為怎麼放假討論了一通，結果假放了，颱風卻遲延了一天，讓大家多賺了一天颱風假。不過，這場名為賀伯的遲來的颱風，卻結結實實地展現了一場威力，造成了台灣30年來最嚴重的一場天災。

全省死亡和失蹤的人，最少有60人;農業和道路等立即損失，估計在300億元以上。除了這些數字之外，這場颱風還讓我們看到許多事實的赤裸面目：在都市裡，經過各種人謀不臧的結果，花費上千億的水門抽水站，原來是發揮不了功效的;在山區裡，經過多年的濫墾、濫伐、濫建，終於到處都發生嚴重的大崩塌，一些鄉村在山崩中被隔絕了十幾天。

大地反撲，這個說法在書上，在文字裡見了多年之後，終於活生生地出現在我們眼前。然而，曾經在去年8月份裡如此這般為大家所震驚，所討論的一個事件，不過在它離去之後的半年，在下次颱風來臨也不過只剩半年的時候，卻已經被我們所淡忘了。

遺忘，真是我們這個社會的特質。

同樣是8月，再前一年的84年，台灣也有另一件暴露結構性問題的歷史大案：國票楊瑞仁案。國際票券公司板橋分公司一名29歲的辦事員楊瑞仁，竟然能夠盜用了102億台幣來炒作股票。台灣金融體系的散漫、無能、不健全，都在這個事件裡做了一次集大成而又戲劇化的展示。

然而，展示歸展示，後來的各個農會、信合社的擠兌風暴，照樣在發生。甚至，到85年楊瑞仁被判13年徒刑的時候，不過也就是在報紙某一天的某一個角落裡出現了一下。至於案子發生之後，曾經有那麼多單位要做的那麼多檢討及改進，進行的進度到底如何，則沒有人再提了。

台灣，真是一個遺忘的社會。

所以，宋七力事件在全島沸騰之後不過2個月，就以100萬元交保告一段落，如果大家再也不對後續的發展，或新興宗教的問題注意的話，誰曉得還會發生什麼大案子。

我們，因為遺忘而再三推出相同的戲碼。

我們，因為再三推出相同的戲碼，而更容易遺忘…

貪污、收賄的…

他擁有43家電玩連鎖店、一家餐廳、一家建設公司、一個衛星電視台。台北媒體營運中心

62公頃的預定地中，四分之一是他的。有人說他的資產有四、五十億台幣，也有人說要再乘以2。

周人參，台灣的電玩大王。他在林口有一個5,000坪的電動玩具工廠。警察在他店裡查扣的電玩，可以再出現在他的工廠之中。

如果說賀伯颱風把台灣幾十年來對環保不注意的惡果做了一次徹底的展示，那麼周人參案就是台灣警界幾十年來紅包文化的一次總表演。

進入86年之後，第一批受賄警官判刑名單先出籠。前台北市警局督察長陳衍敏判得最重，檢方求刑15年，被判18年。

等著再看第二批吧。

（本案的發展已經太受注目，報刊雜誌文章不勝枚舉。這裡就不多寫了。）

屏東縣議長因為殺人案被判死刑。縣長伍澤元因為工程弊案被收押，再被判了無期徒刑。市長黃清漢因為路標工程弊案也被收押，也被判了無期徒刑。三人均被代理。

（因此有人出了一個上聯「代議長，代縣長，代市長，三代同堂。」以黃金二兩徵下聯。）

屏東縣長伍澤元因為工程弊案被收押後，檢方從伍澤元的親戚伍世英家中，搜出價值逾億元的古董字畫。接著秘密帳戶曝光，數千萬元出入。另外還查出與省議員朱慎貪汙犯佔上億。85/12

北區國稅局稅務員趙建華收賄，調查之後，懷疑有集體收賄的可能。85/7

西濱快速道路野柳隧道崩塌，爆出弊案。暴露峻國機構陳帝國、陳根國兄弟強力介入搓圓仔湯的內幕。黃平生工程處處長，黃俊英副處長等政府人員11人，及陳氏兄弟等商人14人被移送法辦。

到年底時，後續案情還在繼續擴大。相關案情可能波及到工程費高達數百億元的整個北宜快速道路。有2名榮工處官員又被收押禁見。85/9

（年底一位出席全國治安會議的營建業代表透露，他和陳帝國一次同機時，聽到陳帝國和他朋友說，從工程圍標中獲利高達50億元。）

中正機場爆發二期航空站裝修工程圍標案，一向黨政關係良好，身兼中興電工副董事長的達欣工程董事長王人達成為焦點。85/4
(中興電工於81至83年間，低價搶標，造成70多億虧損。)85/7

台中市長林柏榕涉及第十期重劃貪污案，被判刑之後，李登輝為他叫屈，說是不認為林柏榕有問題。同時，李登輝也指稱高雄司法風紀敗壞，「要殺幾隻雞來看看。」承辦林柏榕案的台中地院庭長郭同奇，表示一國之首這種說法，嚴重干擾司法，於是發表了一篇「省思及抗議」投書各大報刊。85/6

中油董事長張子源，因台中八期重劃區弊案，被求刑6年。本案同時被起訴的，還有省政府省政委員林仁德，也被求刑6年。
兩人主要就是非法核准自辦重劃，並且預先購買即將重劃之土地來圖利自己。以八期重劃區來說，張子源八兄弟的林河濱集團共投資了四分之一，林仁德的宗唐集團投資了將近70%，不屬於這兩個集團的投資，僅佔5.95%。這兩大集團牟利超過26億元。
之前，張子源也成為國營事業第一位受懲處的董事長。由於工安未落實，被記大過一次。
85/11

83年時，台中爆發一起12名退休和在職校長涉嫌利用職權在幫學生訂便當的時候，向廠商收回扣的案子。回扣自五萬元至兩百多萬元不等。 所有校長雖然都聲淚俱下地表示自己的清白，到民國85年二審時還是判了五年至七年不等的刑。
頭痛的是：這段時間，五所國小校長都由教務主任代理校長。而依規定，三審定讞之前，不能撤換校長。
(1.代理何其多。2.三審不會拖到小學生都變成大學生吧。) 85/5

台中火車站，調查局發現部份鐵路局官員與廠商勾結。85/7

台中市政府，因為貪污，瀆職案而被停職、休職的官員高達10人。85/12

台南市長施治明因為新偕中的「天闕」大樓案，先是被依圖利罪嫌移送偵辦，然後又發現

重大證據，要朝貪污案的方向進行了。

市府工務局人員在核發「天闕」的使用執照時，發現許多問題，曾經二度寫簽呈，詳細報告無法核准的理由。但是層層上報之後，市長施治明還是簽下「核發」。調查人員也發現：就在那前後的時間，新偕中建設有一筆「施治明」名下的400萬元支出，最後是由施治明一位親戚把支票軋走。施治明自己的說法是：這筆錢是新偕中建設欠他的債務。85/12

宜蘭縣南澳鄉民代表會主席游友順，及其他代表7人，以污染環境為由，向鄉內產業單位索取保護費270多萬元，朋分花用，被調查局分別收押。85/11

花蓮前縣長陳清水，以同部屬升遷索賄14萬的「賣官」罪名，判刑7年。85/11

前雙溪鄉長，現任國大代表林慶麒，因為侯牡公路工程，被調查局約談。該工程招標時，光是標單的價錢就比一般行情高出了10倍。基隆市警局還查出林慶麒有賭博罪嫌被送法辦。85/12

台北地檢署指出：多家省立醫院工程有弊，涉嫌的「維安」等工程顧問公司，送的回扣可能高達數十億。省立台東醫院院長首先被收押。85/12

台南地方法院民事執行處，涉嫌集體貪瀆，檢方先收押2人。85/12

台北地檢署檢察官，涉嫌向訴訟當事人收賄，被判刑12年2個月，並追回貪污的50萬元。85/12

花蓮偵破一個工程圍標集團，不僅圍標政府數以億計的工程，而且該地區的若干省、縣、鄉鎮人員還洩漏底價，圖利這個集團。已有4名官商遭到收押。85/12

桃園市長李信宏，由於濫用行政裁量權，並且收取3,000多萬元的回扣，被桃園地檢署起訴和李信宏夫婦同時被起訴的，還有縣議員李曉鐘等13人。罪名分別是貪瀆、偽造文書、侵佔、洩密、協助湮滅證據等等。

其中，李信宏貪污部份，被求刑無期徒刑，並追繳不法所得2,175萬元。85/12

在民國85年底的全國治安會議上，法務部長廖正豪指出：自民國82年10月到民國85年11月，執行肅貪行動方案49個月以來，查獲貪瀆金額高達118億3,027萬元。
也就是說，平均每個月至少有2億4,100萬元流入了台灣的貪官污吏口袋裡。
(而這些被查獲的貪官污吏，又佔實際的百分之幾？)85/12

金融的…

曾經是合作社模範生的彰化四信，因為總經理葉傳水虧損失蹤的消息曝光，造成擠兌風波，並連帶形成十信之後的最大金融風暴。
先是第一天四信在4個小時內就被擠提3億3千萬元，等到風暴圈形成之後，彰化地區所有信合社及農會在兩天之內被提領的金額就高達300億元。
整個事件以合作金庫概括承受四信，並且由台銀再撥款100億元來支援，才告落幕。台灣金融體系的漏洞，以及合作社及農會的長期弊病，在這次事件中做了個大曝光。84/8

四信之後，桃園縣中壢市農會因為被擠兌50億，倒閉。84/9

進入85年之後，屏東鹽埔鄉農會，被擠兌12億，倒閉。85/5

再緊接著是高雄縣內門農會觀亭分部，也開始發生擠兌。擠走5億3千萬元。85/5

再緊接著，桃園平鎮農會的擠兌又成了焦點。三天之內擠兌近18億5千多萬。85/5

屏東長治鄉的農會也遭擠兌，中央存保公司支援15億元，結果倒只兌走1億2千萬元。85/5

台中縣豐臣建設公司負責人羅文雄，向豐原市信用合作社辦理抵押貸款，以反推算手法高估抵押物價值，最高的超出公告地價484倍之多，使得羅文雄超貸8億5,600萬元。
調查局查獲本案後，豐原合作社主要幹部及理事有一半以上都被起訴，震驚各界。豐原合

作社緊急向合作金庫求援70億元，以便因應擠兌。

（事實上，從84年彰化四信事件之後至85年年底，17個月裡，共有17家農會發生擠兌。以上沒有全寫進去，有點族繁不及備載的意思。而86年，又會有哪些戲碼上演？）85/12

前華僑銀行副董事長梁柏薰，向僑銀違法超貸53億元，被起訴。84/12

省議員周清玉揭露：省屬七行庫，到年底的逾期放款將突破2,000億。85/12

省府赤字逾5,000億台幣。
（後來，宋省長堅決辭職，和這一點有沒有關係？）85/7

勞工的，失業的…

幾家晚報紛紛以斗大標題報導李登輝因為六大行業未能及時納入勞基法，而對行政院「怒責」，「火大」。後來府院均認為與事實不符，請文工會澄清。84/7

聯福製衣公司從96年8月起，資方李明雄就片面宣布從9月起要關廠。
勞委會找來李明雄與聯福員工一起協議資遣、退休問題，李明雄都一再以沒有現金為由而推拖。等到10月中旬簽下出售廠房土地支付資遣費等的協議書之後，勞委會經過調查發現，這些土地早就連二胎都貸過4億6,000多萬元，所謂變賣土地根本是不可能的事。而且李明雄早就把這些錢拿到南非置產，並且持有南非護照，誰對他也沒辦法。
於是聯福公司八德廠的員工採取走上鐵軌的激烈抗爭手段，以30到50歲為主的女性員工，胳臂勾著胳臂坐在鐵軌上，最後被警察抬離現場。
這場臥軌行動，造成鐵公路調度大亂，南下、北上通勤電車約25班次脫班誤點。而這種抗爭模式，雖然情有可原，但是卻涉嫌三年以上、十年以下的公共危險罪，代價太大。
其他聯福員工有人揚言要到李登輝居住的鴻禧山莊去抗爭，他們說：「總統天天在打高爾夫球，我們卻沒飯吃，要去向總統討碗飯吃。」85/12

聯福事件繼續發酵，到12月27日晚上、由聯福製衣、福昌紡織、路明電子、豐和、東洋等

工廠工人及勞工團體聯合舉辦「國發民亡關廠工人鬥陣晚會」，全省有近千名失業工人聚集在勞委會門口，以夜宿勞委會，徹夜抗爭的方式，抗議政府對關廠歇業問題的無能。

到12月31日晚上，又有300名勞工發起「無頭路，睏車頭」夜宿火車站活動，並打算第二天早上參加元旦升旗典禮。結果，夜宿火車站活動平靜落幕，但是早上當他們要走出火車站往總統府方向前進時，卻遭到警方圍堵，造成嚴重肢體衝突，終於還是退回火車站。

他們揚言到97年1月15日之前如果沒有答案，1月底就要再舉行「失業勞工向政府討尾牙吃大會師」。85/12

事實上，根據行政院主計處在96年12月23日發布的台灣地區失業率統計數字，依季節性因素調整過後，96年9、10、11三個月的失業率依序是2.8%、2.95%、3.03%。顯示係逐步揚升，並且失業人數已達28萬4千人。國內失業狀況不但沒有好轉，反而有惡化現象。

以11月份的3.03%這個數字而言，刷新十年來的紀錄。而失業者平均失業週數，也高達23週，創下十年來單月最高。85/12

如果再看另一項勞委會委託政大教授完成的研究報告，可能更要心驚了。

這個研究報告指出，一旦我們加入世界貿易組織(WTO)之後，短期之內，勞動市場將新增約27萬失業人口，也就是將近目前失業人數28萬4000人的一倍。

除了人數倍增之外，也有質變。白領勞工失業問題將比藍領勞工的問題更為嚴重。經建會副主委李高朝對這份報告的意見是：只看到負面，沒看到正面，不足採信。85/12

另一些資料…

另一方面，95年我們的平均國民所得稅負擔是18.3%，比十年前的15%增加了3.3%。這個數字雖然仍然比歐美要低，但是在亞洲來說，卻高於香港和新加坡。

再以實質稅負而言，最近十年來平均每人繳稅的金額也逐步加大，95年平均每人稅負為58,000元。比十年前的20,000元，足足成長了一倍以上。

雖然隨著國民所得的成長，近五年的平均稅負佔國民平均所得的比值都在20%左右，成長不大，但這個數字還是值得探討。85/12

第三屆蓋洛普國際商品品質調查指出：對19個國家商品的評估中，台灣名列第十，中國大陸排名第九。85/12

宗教的…

宋乾琳先生，因為票據法坐牢出獄之後，因為喜歡哲學大師熊十力的名字，所以改名宋七力。

宋七力在獄中的時候，思考為什麼耶穌、釋迦牟尼能得道的原因，出獄後就悟出宇宙發光體的理論，吸引了許許多多信徒。

他們的活動基地是宋七力顯相紀念館，還有個宋七力顯像協會。（內政部在96年9月還把這個協會評為甲等優良社會團體，由部長林豐正發表揚狀。）

宋七力各種神蹟的照片，掛在館內，並且也予以出版。像是他眉心發亮的照片，據說可以使大地震動，持之者死後有舍利子；像是他眼球發紅光的照片，據說可以持之治病；還有宋七力「分身」出現在大陸萬里長城上空的；還有宋七力騎在龍背上，人神合一的。

一位江正先生，說是為了見他一面先後付出1,200萬元的見面禮及加持費，又以11萬元買了三本宋的著作，後來覺得受騙而以錄音電話檢舉。

這一檢舉就熱門了。固然紅了新黨的璩美鳳，卻也搞得民進黨的謝長廷灰頭土臉。宋七力被收押了，顯像館被拆了，宋七力也向警方承認一切都是騙局，但故事可不會就此結束。畢竟，他在77天之後就保釋出來了。並且，就像一名神態冷靜的女信徒所說：「誰說他沒有神蹟？他本來沒沒無聞，現在卻成為全國知名人物，更容易弘法。當然，他的「本尊」、「分身」術語，更將流傳不止。

（我最喜歡「酒」是本尊、「煙」是分身的說法。）85/10

宋七力之後，在台灣弟子人數更為廣大（據稱有10萬人），知名度也更高的妙天禪師，以及他的「印心禪學基金會」，也遭到檢舉及調查。

妙天的很多照片也搞發光。也出版了一本叫作「宇宙生命之光」的書。最重要的是，他有一個天道大佛院，販賣超渡往生親人的蓮座。每座30萬元。而這個大佛院還是違建。

妙天總共被控詐財數十億元。而台北縣議員鍾小平公布他私人的房地產資料，共51筆，市價大約20億元。在他的房地產中，鴻禧山莊的一棟在李登輝的隔壁的隔壁。85/10

妙天之後，很有名的清海無上師，也被檢警單位盯上了。

這位早年也是以「印心」出名的法師，近年來則以類似埃及艷后的裝扮成為話題。不過由於她一直沒有出面，弟子也是低調處理，所以，他們自己把道場做了些破壞，人去樓空之後，風波倒沒有太大。算是保全了元氣吧。85/10

清海之後，又有太極門事件。

太極門成立十餘年，領有各種合格證書。在全台灣有20多所道場，會員近10萬名。尤其多位政府部會要員、司法官、企業鉅子，都包含在內。但在調查局的長期調查下，發現涉嫌詐欺。據報導，估計詐財20億。

以類似老鼠會方式吸收會員，收費5萬至9萬元不等。經過一段時間觀察，證明有修得「仙果」資格者，才能獲得傳授氣功。打通任督二脈收費3萬元。也有些隔山打牛的神功照片。負責人叫洪石和。聽說他的功夫其實是在近十年之內去大陸學成的。並且學成之後，就很有信心地表示要回台灣大賺一筆。

太極門傳單有段文字如下：「掌門人洪道子，集四十年精研功之大成，當場以最高功力隔空打開您全身要穴關竅，並傳入氣功能量，一次完成，終身有效，使您在五分鐘之內便能氣機發動，體驗到真氣的微妙，立時獲得苦練數年才能得到的功力，這是人類歷史空前的飛躍。」85/12

在一連串怪力亂神事件之中，85年較為尷尬的宗教事件則是中台禪寺事件。

中台禪寺是禪宗大師虛雲大師傳人惟覺禪師所創，以正知修行見聞於國內。近年來更以接納各行各業人士打禪七來接觸佛教的途徑，聲名大著。對國內近年興盛的學佛風氣，功不可沒。

但可能也就因為跟著惟覺禪師學佛的心得太殊勝，因而頓悟要出家的人也就大有人在。85年9月轟動全台的剃度風波也就出現。

參加佛學研究營的43人，剃度落髮為尼。造成家屬聚眾抗議，向寺方要人。他們或是抗議有些出家的人既未成年也未經家長同意，或是認為事前毫無跡象的出家根本就是寺方在搞鬼。

偏偏中台禪寺方面對這批出家人數及去向，對外的說法前後又沒能夠統一，結果就造成更

大的誤會與衝突。

後來,有14名女尼跟隨父母回家,但其中又有8名還是說服了父母又再度回寺。

中台山事件,後續影響值得密切觀察。

許多父母原以為參加佛學營的孩子,就像學鋼琴的孩子一樣不會變壞;許多夫妻原以為「同修」佛學就和同修善事無啥不同,而樂得鼓勵,但是經此事件,可能有相當大的心理影響。另外,許多大學裡的佛學社團活動,據說也或多或少受了影響。85/9

當然,另外有些人對佛教的信仰,則是更加堅定。

南部頗具知名度的道教寺廟「合天大道院」主持大明法師,有感於社會混沌不安,為提升修行境界,宣佈從道教轉入佛教。道場改名為「合天大雄寺」。30餘名弟子一起跟著轉行。85/9

三台靈異懸疑戲當道。飛越星期天和周末滿點秀的「未卜先知」單元,請來乩童問劉邦友血案,終於被新聞局處罰。85/12

兒童的

圓山兒童育樂中心,一直是台北的兒童樂園。民意調查中,是兒童最喜歡去的地方。平均每月有將近13萬人次。但是這樣一個地方,幾乎極少添購設備。飛行塔、行星座、咖啡杯等等,20年如一日。事實上,20年來新購的只有一部碰碰車而已。13種機器遊樂設施中,有9種使用年限在18年以上,最久的一種,甚至高達37年。85/12

國小放學列隊經過瑞安街口時,行政院長連戰的車隊經過,臨時要小學生隊伍在馬路中間分開。學生家長因為擔心孩童安全而罵了句三字經,被警方人員以妨害公務名義押回。85/12

台北碧湖國小2,200人使用3間廁所,造成兒童膀胱問題。84/12

台北大理國小位於鐵道旁,噪音高達86分貝(正常是70分貝),學校老師講課,經常要用麥

克風，嚴重時候，還要停下來等火車。85/11

苗栗一位8歲男童，因為自幼父親入獄，母親離家出走，而和半聾半盲的祖父一起住在山上。由於小孩終日和一隻老狗相伴，結果不但習性與狗相仿，連喜怒哀樂也以「狗吠」來表達。是不折不扣的「狗童」。85/11

兒童保健協會公布：青少年每天多看一小時電視，肥胖盛行率增加2%。因為兩個因素：1.運動減少。2.在電視前面會吃零食。84年

95年教育部公布一項統計顯示：國內中等以下學校學生吃便當的比例高達35.56%，也就是說每天有140萬中小學生在校訂購便當。另外，有將近3個百分點，大約10萬名學生有不吃早餐的情形。84/10

衛生的、健康的…

台灣可能再度出現副傷寒危機。衛生署公布96年的副傷寒病例已達20例，是去年的4倍。副傷寒的潛伏期平均是一到十天，但也有些患者也可能成為永久帶原者。85年年底發現的三個案例，都在桃園縣，都來自一個家庭麵包店的成員。衛生署已開始追蹤這家麵包店的麵包去向。85/12

民國85年剛進入7月，央大法文系三年級學生25人到礁溪，集體食物中毒。85/7

7月前10天，共發生了14件食物中毒事件。85/7

接著，新竹科學園區，三家電腦公司、科技公司100多人集體食物中毒。85/7

根據全國醫師定點疫情通報，7月8日至14日，一周內有12,000多人腹瀉。腹瀉的人一天三次，甚至還會便血。可能是吃壞肚子，也可能透過飛沫或接觸病毒。85/7

芳瑞貿易公司，改裝過期的克寧奶粉，銷售給食品業者。85/10

湖口營區一個戰車營，27名阿兵哥出現食物中毒症狀。軍方初步調查，應該是吃了冷凍包子所導致。85/12

外勞好不容易進了台灣之後，為了怕體檢不合格又被遣返，多改由仲介公司以替身體檢。結果發現許多台灣已經絕跡或是未見過的疾病又透過這個漏洞而進入台灣。譬如鼠疫、瘧疾、狂犬病，以及日本住血吸蟲、泰國肝吸蟲、香貓肝吸蟲、鞭蟲、鉤蟲等寄生蟲。84/11

95年1月至11月，38名外勞帶著肺結核來台，其中4名是開放型的。85/7

衛生署公布台灣地區最新死因，癌症仍居首位。1994年排名13的自殺，1995年則上升至11位。1995年共1,600多人自殺，比前一年增加了近11%。衛生署保健處指出：這顯示民眾對生活的不滿意程度越來越高了。85/5

山地鄉的十大死因，意外事故為首。並且因為愛喝酒，所以慢性肝病是非山地鄉的五倍。85/7

各種保險套檢驗，國產的全部通過，進口的有21.9%不合格。85/12

蘭嶼居民以捕魚、種芋頭為生。每月平均收入666元，卻要繳納550元的健保費，他們決定用芋頭抵繳。85/12

一名姓呂的女子，為了去除臉上的黑斑，接受皮膚科黃醫師的建議，在一個多月的時間之內，密集進行「紅寶石雷射」治療。結果花了50萬元，換來兩頰紅腫潰爛。
黃醫師也付出了代價，依業務疏失被判了5個月徒刑。84/10

鴕鳥的脂肪、膽固醇等等，都低於牛羊雞肉，所以被視為健康食品。第一家鴕鳥餐廳在台北民生東路開張。85/10

（高雄人也很愛鴕鳥，方式則比台北人文明，一對男女分別騎一對鴕鳥完成結婚典禮，也上

了金氏紀錄。)85/07

環保的…

環保署從民國81年起推動寶特瓶押金制度，迄今四年，消費者未退瓶的押金已經超過3億。也就是說，廠商在寶特瓶出廠時先交2元押金，消費者飲用後，再拿空瓶退2元。四年間這樣累積了1億5仟多萬個寶特瓶，超過3億元。就制度而言，這些錢並不是廠商的，而是消費者的。但是實務面上沒法退回給消費者，交給政府又不知道該怎麼辦。所以業者希望取消這個制度。可是，環保署表示：實施這個辦法之前，寶特瓶的回收率只有30%，而現在則有78%左右。

(這種進也不是，退也不是的政策，不知還有多少。)85/7

可口可樂在1994年曾經因為改良寶特瓶的包裝，而獲得國際包裝獎。但是，台灣的可口可樂瓶，卻是全世界最不環保的。

環境品質文教基金會表示：目前全世界各國的可口可樂寶特瓶，都是符合環保，便於回收或重複使用的無底座一體成型寶特瓶。唯獨台灣還是採用久被各國淘汰的複合式有底座寶特瓶。

這個底座是黑色高密度的聚乙烯，連接底座要用強力膠，在回收上增加非常大的困擾。

該基金會秘書長劉銘龍希望消費者直接打電話到可口可樂公司抗議。85/12

一隻列名全球保護動物的稀有大海龜，在花蓮海岸被人剖開肚子，露了滿滿的一肚子龜蛋。路過的小學生都不忍心看。84年

基隆查獲走私象牙2,000公斤，價值上億。85/7

國寶級百年牛樟，繼續遭到盜伐。85/10

一隻鯨原因不明地上了台東的岸。很快就有人開始動手切割。於是，「海邊在殺鯨!」的消息轟動台東市，很多人提刀趕往海邊。

有的剁了帶走;有的帶著瓦沙比,要就地吃沙西米;還有人專程開賓士車趕來。不到五、六個小時,鯨就支離破碎,只剩半截龍骨,連頭都剁爛,所以,到底屬於哪一種鯨,結果連專家都無從判斷。

這頭鯨長約4公尺,重約1,000公斤,不過,大家看到記者要拍照,總算還知道要躲一下,說一聲:「不要害我。」

(台灣的海產店從來都不賣鯨肉的嗎? 這是聯合報的蘇采禾提供的報導。)85/12

受賀伯及盜採砂石影響,台灣西部許多橋樑遭到嚴重損害,有的不僅橋墩基樁裸露河面,有的甚至基樁斷裂。全省共有20多座危橋,令人驚心。 後果可以參考一下韓國聖水大橋。台灣砂石來源,70%至80%來自河川(日本只有20%),規劃砂石來源的責任,不知是不是政府的? 85/10

台灣廢紙回收率達58%,高居全球第一。而有這個成績,拾荒者功不可沒。但美中不足的是,垃圾分類不完善,所以雜質太多。85/7

交通的

一架飛機,搭載了15名乘客,從台北松山飛馬公,結果墜機,五死二傷一失蹤。但正副駕駛都沒事。85/7

台北市長安西路的英文路標,變成了 Ohan-an,上了新聞。其實,這只是冰山的一角。現行道路不是還沒有譯名,就是譯名混亂而不統一。

民國85年5月2日,台北、高雄,以及台灣省政府開會決議:未來的地名、路名之譯名,將統一進行。

他們的做法分三階段:第一階段,先把各路名、地名用「國語注音符號第二式」加以統一。第二,再請交通部根據每一注音符號訂定一套標準的英文譯音表。頒布給各級政府,達到全國統一的目標。第三,再由各地方主管機負責更新。台北市是由民政局負責,這將需要三、四千萬元,最快也要到1998年才能實行。

(不急,反正台北的亞太營運中心計劃也不太可能到那時就實現。當然,提到台北的亞太營

運中心，不能不提我們桃園國際機場到現在連一台信用卡電話都還沒有。）

創下全世界最高造價的台北捷運，好不容易通車之後，還是風波連連。

有關承包商方面，85年年初法國馬特拉公司因木柵線而索賠損失20億元，85年年底德國西門子公司則以淡水線索賠待工損失10億元。其他系統承包商也揚言準備跟進。

有關載運方面，因為各種系統故障而導致乘客的虛驚與不便，也連連出現。其中最嚇人的一則新聞，應該是今年一次控制室裡因為有毒氣體外洩，所有工作人員疏散，導致捷運班車事實上是在無人監控的狀況下行駛10分鐘。

（有關台北捷運的故事，非本書所能整理完畢。在此僅能草草帶過。）85年

但即使如此，台北捷運已經出現第1,000萬人次。（台灣人是不怕死的。）85/12

高雄市議會捷運調查小組，到高雄捷運聘請的總顧問帝力凱撒國際公司註冊地的英屬凱曼群島後，發現這是一個資本額只有6,000美元卻簽下了高雄20億台幣生意的空殼公司。

（台北市捷運聘請的總顧問，也是3家跨國大企業成立的一個小子公司。）

台灣瓦斯車的檢驗標準是全世界最高的。但高雄一輛瓦斯計程車發生氣爆，司機灼傷。不過，這不影響環保署打算從86年起投入8億台幣，在三年之內全面完成計程車改裝瓦斯的計劃。

（85年底，劉信義所駕的瓦斯計程車，在新莊青年公園爆炸，劉信義燒得只剩白骨，還引起火燒山。不過，因為現場有一封疑似遺書的信，所以，可能是引爆瓦斯自殺。）85/7

啟用不到半年的松江路公車專用道，嚴重受損。交工、養工處，以及包商都不願負責。85/7

嗜好的…

陳先生體格壯碩，熱愛馬拉松，雖然沒有得過什麼獎，但是樂此不疲。到了入伍之後，唯一難過的就是幾次想請假去參加馬拉松，長官卻不准。因而最後他只有一條路：逃兵。這

天得知台北市要舉辦一場大型馬拉松之後，十分興奮地請人代為報名，並且搭車北上，準備一展身手。

但是運氣不好的是：比賽前一天他投宿在重慶北路一家賓館裡興奮得無法成眠之際，被警方臨檢逮到。他苦苦哀求讓他一償心願再移送法辦，但警方沒能答應。84/1

台東的鄭達成出過17次車禍。他保住性命之後，養成了一個特別的嗜好。將千元大鈔換成一毛的硬幣，再鑄成台南府城。下一步，他要鑄一個萬里長城。84/11

法律的…

殘障者不走天橋、地下道，該不該罰？終於由大法官會議作出417號解釋，不該罰。
（法官會議不應該只解釋殘障者該不該走天橋、地下道吧？副總統兼閣揆違不違憲這種事，也該解釋清楚一點吧？）85/12

台南高分院判決關寶麟殺人案，二審只以「非有理由」四個字駁回上訴，仍判死刑。
（可以列名全世界最簡短的判決。不過，人命關天，這句話好像也是四個字。）85/7

行政院通過民法債編新增章名，人事保證期間，不得超過三年。
（幫人作保的人，可以多少鬆口氣了。）85/7

立院對民法親屬編作出重大修正。子女之監護權由丈夫取得改為依協議行使。另外，「夫妻財產制」中，對妻方所取得之財產，也不溯既往，由其完全擁有。85/6

城鄉的…

中華民國社區資源交流會調查指出：台北人五成不認識鄰居。85/11

總統府後方將出現一座22層高樓。都發局要求少蓋四層未果，只能在樓的顏色上做要求，希望不要太過突兀，好像一個怪物。

（台北終於要摩天大樓成群了。）84/7

阿里山鄒族原住民人口劇減，僅剩3,693人，為了鼓勵通婚，以添人丁，鄒族決設結婚獎，同族結婚獎金2萬元，娶平地女人的，則1萬元。85/7

感傷的…

61歲台北市民李先生共擁有21筆土地，但因為公告現值加起來只有20萬元左右，所以只能拾荒、清掃及打零工維生。是每月三、四千元的低收入戶。85/7

創辦25年的雄獅美術，宣佈將於10月停刊。85/7

內政部可能要評為三級古蹟的北投公共浴場中，三扇骨董彩色玻璃連框不翼而飛。85/11

「中外畫刊」在7月舉行40周年慶，12月則要停刊。85/12

溫暖的…

花蓮光復鄉大火，5死3傷。若不是有一位黃萬逢先生願意犧牲自己的家，把家拆了當防火巷，傷亡還可能更大。85/12

柯媽媽的兒子在7年前因為車禍死亡之後，她為了給兒子和其他同樣冤死在車輪下的人討一個公道，開始催生強制汽車責任保險法的漫長道路。
經過7年的時間，她面臨被人誤會和保險業掛鉤等等數不清挫折，總算有了收穫：歷經對李登輝總統37次的陳情之後，她終於獲得了總統的接見。而她的理想，也終於得以實現。
在強制汽車責任保險法通過之後，柯媽媽明年的新目標是進入大學讀書。她本來只有小學畢業，為了幫助兒子完成末了的心願，她希望能夠拿到碩士學位。85/12
台中縣太平國小劉曉薇車禍死亡之後，她的父母捐出她的存款3,600元，以及100頂安全帽，希望加強學校安全。85/12

Taiwan, Her Sad Face

家住雲林，25歲的張小姐，本來在長庚醫院當護士。5年前，認識了男朋友翁先生。3年前，張小姐因為右耳積水，經過檢查，發現患了鼻咽癌。雖然開始診治，卻阻擋不了癌細胞的一路擴散。到96年7月，癌細胞已經轉移至身體的骨骼及肝臟，人也日益消瘦。

但這一切，都沒有改變男朋友翁先生對她的愛意。陪她渡過3年多與病魔奮鬥的日子之後，促使張小姐求生的意志更堅定。於是，兩人終於決定結為連理。這一對夫妻辦完結婚登記之後，婚禮是在醫院補辦的，洞房，也是由護理人員把病房佈置成的。

他們要結合兩人的意志力量，和病魔繼續搏鬥下去。

（這個故事，是中國時報王建訓報導出來的。）85/12

▌快樂的…

因小兒痲痺而不良於行的35歲李先生，從未交過女友，也認為此生無緣結婚。直到參加了一次婚友活動之後，分別有姓王和姓林的兩位女士主動和他聯絡。

李先生對自己條件沒有什麼信心，為了保險起見，就雙線進行約會。半年之後，他覺得腳踏兩條船對兩位小姐不公平，就向兩女坦白說明。本來以為有一方會退出，甚至兩方都生氣而離去，但是沒想到兩女都不讓步。後來三個人見面一起談過之後，兩女表示都願意照顧他，甚至三人行也無妨。社工人員問兩女的家人意見，兩女家人也不反對，認為只要當事人喜歡就好。84/11

台灣第一支盲人棒球隊成立，明年還要參加世界盃盲人棒球大賽。85/11

北斗鎮民魏連發，控告德國廠商仿冒他的兩用休閒椅，獲勝。 85/7

29名台大換心人，頂著烈日到夢幻湖登山。85/7

▌光明的…

31歲的楊宗勳，在讀高中的時候，因為喜愛「主持正義」而經常與人打架。高三那年，他在一場混戰當中拿一把挫刀，刺了他校一名學生肩膀一刀。結果這名學生因為正好被刺中

動脈，不治死亡。

楊宗勳自首後，被判十年徒刑。服刑滿5年後，他因為表現良好而獲得假釋。他取得同等學歷考中山大學海洋學系，在大三還被同學選為優秀青年之一。

大學畢業後，他原來打算到美國深造，但是因為過去的前科沒法取得簽證。於是他改赴英國艾賽斯大學生物研究所進修碩士，96年聖誕節後，他取得了碩士學位。

他希望自己的故事能對其他迷失過的年輕人有幫助。

(這個故事，是中國時報曾俊彰報導出來的。)85/12

屏東的陳明輝，在8歲的時候得了白內障及青光眼。因為家裡沒有錢開刀，所以就此失明。國小到高中，他父親一直希望他儘快接下按摩業的棒子，他卻考上文化大學音樂系。白天求學，晚上按摩工讀。大學畢業後，他進入「伊甸」，擔任演奏的樂師，到全省各地義演，因而結識了後來成為太太的趙念嶠。

過了幾年，陳明輝突然想到再去國外深造，開始準備考托福。由於是點字，比一般人多花數十倍的功夫。但是台灣試卷沒法用點字，令他很灰心，只好到美國等機會。在美國的時候，夫妻兩人幾乎是有一餐沒一餐的。但是在近一年的時間裡，許多來自全美各地的華人來幫他補習英文。每次沒飯吃的時候，也總是有人會放張支票在信箱裡。1995年底，他終於在美國考過托福，總分數是580多，然後，他進入休士頓音樂系修讀碩士學位。開啟另一旅程。

(這個故事，是自由時報游明煌報導出來的。)85年

腦性麻痺學生孫嘉梁，考上高中北聯榜首。國小時候，永和沒一家學校要收他。85/7

台北市保安大隊黃文秋，帶班搜索一起地下錢莊非法重利放款案，錢莊負責人以120萬元行賄，被拒。85/7

等待的…

中華電信推出「信用式」記帳電話，隨身不需要錢，也不需要卡，只要撥「030」之後，再撥一些密碼，就可以直撥電話。不論是公用電話、行動電話、一般電話都可以用。85/12

警政署要成立政風室，由檢察官陳雲南出任。85/10

李登輝對中央研究院院士以及評議員夫婦表示：為了迎接21世紀的挑戰，今後我們要致力內政的革新，並以司法、教育、文化與社會重建為重點。其中，教育改革和文化建設尤其重要。85/7

希望書

期 待 您 的 熱 情 參 與

希望書

1.

大約二十年前，台灣因爲中美斷交，社會快速發展等等因素影響，出現了一些讓大家比較緊張的問題。

當時，有一位政治人物出來，說是要提倡第六倫。

我還記得當時自己的反應是：「又來做秀了」。

時間很快，二十年過去了。台灣社會發展的速度不知道快了多少倍，社會的亂象也更不知道加重了多少倍。

但是，今天卻連一個要提倡第六倫的人都沒有了。

不過，沒有人就沒有人吧！反正我們的生活還是得過下去，我們還是要自己給自己創造一些希望。所以，我們要共同來寫「希望書」。

2.

怎麼寫「希望書」？

第一，先請您回答一個問題。

看完了這本書，想想我們四周的亂象，您認為什麼人，或什麼單位，最應該負責？

請依嚴重程度，列舉10個。並且，要把您選他(或她，或它)的理由也寫出來。

無論您認為該檢討的是老天還是您的鄰居，都可以。

請千萬不要覺得自己想到的人，或是理由太荒謬，因為問題的答案，可能就在這裡！

這是「希望書」的第一個部份。

3.

再來，請您寫一個希望。

對很多事情，也許我們都無能為力。但起碼對自己，我們一定要有能為力。今天，如果由我們每一個人動手做一件事，帶給明天一個希望，你最希望做的是什麼事？

請千萬不要以為這個希望太過微小，不值一提，因為很可能這個希望就是我們共同在找尋

的希望。

這是「希望書」的第二部份。

4.

把這兩個部份組成的「希望書」寫下來之後，請用下列方法寄回來給我們。（您可以用文字寫、用漫畫畫、用歌曲表達，都可以。如果您用歌曲表達，請寄來您創作的詞曲，並歡迎附上錄音帶。）

1 · 用郵寄的：台北縣新店郵政信箱16-28號。

2 · 傳真給我們。Fax: (02) 935-6037

3 · 發e-mail給我們：locus@ms12.hinet.net

我們可以一起做很多事情。

5.

我們可以一起做哪些事情？

最基本的，我們要出版一本「希望書」。

從回函之中，我們選擇最精采的，編輯一本 「希望書」。今天，我們不得不編輯了這麼沉重的「黑色燴」之後，明天，我們應該期許大家可以共同編寫一本光明又快樂的「希望書」。

這本書可以讓所有的讀者分享您對今天亂象之源的診斷，以及您對明天希望的掌握。

只要我們每個人都有希望，就一定有希望！

(所以，請容許我們保有您寄來的文章的出版權。為了方便起見，讓我們先約定：只要您寄文章來，就表示您已經同意我們將您的文章收入「希望書」中，並且可以透過「希望書」在其他媒體上發表。每一則入選的「希望書」作者，都可以獲得一本出版的「希望書」當作回報。)

6.

我們相信：如果大家都出聲講話，而且所有這些聲音都匯合起來，我們便可以講得很大聲。

所以，「希望書」裡代表的，將是許多人認為實際可行的希望，或是極為重要的希望，或是極為共同的希望。

希望，或是極為共同的希望。

我們出書之後的下一步行動，就是要找到大家認為應該負責的人，由他們來實現這些希望。

如果沒有任何人可以負責，或是應該負責呢？當然，我們就要自己設法來實現！

只要還有希望，就一定可以實現！

Smile 04

黑色繪

作者：于震

責任編輯：大涵

美術設計：何萍萍

發行人：廖立文

出版者：大塊文化出版股份有限公司

台北市117羅斯福路六段142巷20弄2-3號

電話：(02)9357190　傳真：(02)9356037

信箱：新店郵政16之28號信箱

e-mail：locus@ms12.hinet.net

讀者服務專線：080-006689

郵撥帳號：18955675

戶名：大塊文化出版股份有限公司

行政院新聞局局版北市業字第706號

版權所有‧翻印必究

總經銷：北城圖書有限公司

地址：台北縣三重市大智路139號

電話：(02)9818089(代表號) 傳真：(02)9883028 9813049

製版印刷：源耕印刷事業有限公司

初版一刷：1997年1月

定價：新台幣120元　**特別價：99元**

ISBN 957-8468-06-7

Printed in Taiwan

copyright© 于震 1997

Taiwan, Her Sad Face

國家圖書館出版品預行編目資料

黑色燴 / 于震作. -- 初版. -- 臺北市：大塊
文化出版；台北縣三重市：北城圖書總經銷
，1997. [民86]
面： 公分. -- (Smile系列；4)
ISBN 957-8468-06-7（平裝）

857.85   86000211

LOCUS

LOCUS

LOCUS

LOCUS